고독의
발견

Henry David
Thoreau

소
로
,

고
독
을

노
래
하
다

헨리 데이비드 소로 지음
김경원 옮김

고독의
발견

Henry David
Thoreau

에이지21

고독은 우리에게 많은 걸 가르쳐준다.

혼자 있는 시간은 자신을 성찰하고 인생의 깊이를 더하기에 더없이 좋은 때다.

헨리 데이비드 소로는 이런 고독의 시간을 무엇보다도 소중히 여기고 사랑했다.

소로는 1817년 미국 매사추세츠 주의 콩코드에서 태어났다.

호수와 숲, 강과 언덕이 있는 자연환경에 둘러싸인 콩코드는 사상 활동의 중심지로 뛰어난 문학자와 사상가를 여럿 배출했다. 이런 환경에서 자란 소로는 하버드로 진학해 〈자연Nature〉의 저자인 랄프 왈도 에머슨과 교류하며 자연이 지닌 매력에 흠뻑 빠져들었다.

대학을 졸업하고 난 소로는 갑작스럽게 세상을 떠난 형과의 산책을 추억하며 첫 책 〈소로우의 강A Week on the Concord and Merrimack Rivers〉을 썼다.

이후 점점 더 깊이 자연에 매료당한 소로는 월든 호숫가에 오두막을 짓고 자급자족의 생활을 시작했다.

계절의 순환에 따라 뚜렷이 바뀌는 호수와 숲의 풍경, 동식물의 생태, 독서와 사색의 시간은 그야말로 소박했다.

소로는 생활에 들이는 시간을 최대한 줄이고, 대부분의 시간을 사색에 할애하는 고독 속에서 '진정한 행복이란 무엇인가'라는 물음에 답을 찾고자 했다.

당시의 기록이 〈월든Walden〉이다. 〈월든〉은 소로
가 죽은 뒤 미국 문학의 고전이자 누구나 즐겨 읽는
명저가 되었다. 오늘날의 심플 라이프Simple Life의 원
전이라 할 수 있다.

이 책은 〈월든〉과 〈시민의 불복종Civil Disobedience〉
등 소로의 책에서 추린 150개의 명언을 가지고 현대
를 살아가는 우리가 알기 쉽게 재구성했다.

소로는 자연을 사랑하고 단순한 삶을 추구하는
자연주의자로 살았다. 소유하지 않는 사람이 행복하
다는 것, 고독한 사람이 성숙하다는 것, 고독한 시간
을 즐겨야 한다는 것, 자연에서 자신과 세계를 바라
봐야 한다는 것 등 소로는 그만의 인생철학을 발견
했다. 이 소로의 철학이 필시 당신의 인생을 풍요롭
게 할 것이다.

자, 소로가 숲속을 거닐며 사색에서 깨달은 그의
생각의 발자취를 따라가 보자.

CONTENTS

670455 THOREAUS COVE, CONCORD, MASS.

고독의

Part 1

즐거움

1.

하루에 한 번

고독에 젖어드는

시간을 갖자.

덜컹거리며 지나는 열차가 세상의 번잡
함을 싹 실어 나르고
호수를 헤엄치는 물고기가 완전히 쇳소
리에서 벗어날 때
나는 더욱 고독하다.
이제부터의 긴 오후 내내 나의 명상을
방해하는 건
저 멀리 마을을 지나는 마차의 희미한
울림뿐이리.

2.

고독은

함께 놀기에

제일 좋은 친구다.

대개는 혼자 있는 때가 유익하다. 아무리 훌륭한 사람이라도 같이 있으면 금세 지겨워진다. 나는 혼자 있는 걸 좋아한다. 아직까지 고독만큼 마음 맞는 친구를 만나본 적이 없다. 우리는 방구석에 혼자 있을 때보다 바깥에서 사람과 부대낄 때 더욱 고독을 느낀다. 어디에서 무엇을 하건 생각하거나 일할 때는 늘 혼자이지 않은가.

3.

자기만의 리듬에 맞춰

걷는 게 중요하다.

남의 걸음에 맞추려다 보니

쉬이 걸려 넘어지는 것이다.

왜 그토록 성공하려고 기를 쓰는가? 왜 죽을힘을 다해 사업에 뛰어드는가? 느릿느릿하게 박자를 세더라도, 저 멀리서 들릴락 말락 가까스로 들리더라도 자신의 리듬으로만 걸으면 된다. 사과나무나 참나무같이 하루빨리 제 몫을 하려고 애쓰지 않아도 된다. 아직 봄이 오지 않았는데 서둘러 여름을 준비할 필요는 없다.

4.

누구라도

후회하지 않을

삶의 방식이 있다.

바로 천천히 걷는 것이다.

지금부터 걸어가면 저녁 무렵에는 피츠버그에 도착할 것이다. 예전에도 일주일간 도보로 여행한 적이 있다.

아마도 당신이라면 기차 삯을 마련하기 위해 근처 농장을 찾아가 일자리를 구할 테고, 마침 운 좋게도 바로 일자리를 얻는다면 오늘밤에라도 피츠버그에 도착하겠지. 만일 그렇다면 내가 피츠버그를 향해 걸어가는 동안 당신은 하루의 태반을 일하면서 보낸 셈이다. 이 말은 세계를 빙글빙글 도는 기차가 있다 해도 늘 내가 당신보다 앞서 가고 있다는 뜻이다. 또한 걸으면서 온갖 구경과 다양한 체험까지 할 수 있으니 말이다. 그러니 나는 당신의 방식을 좋아할 수 없고 전혀 따를 생각이 없다.

우주의 법칙이 이러하니 한낱 인간이 어떻게 따라잡을 수 있을까.

5.

'다들'이라는 말에

현혹되어서는 안 된다.

'다들'은 어디에도

존재하지 않는다.

누구나 하는 것처럼 해서는

결코 아무것도

이루지 못한다.

새 옷을 맞추기 위해 '이러이러하게 옷을 지어 달라'고 양복점에 의뢰한다. 그러면 재봉사 여자는 정색을 하고 말한다. "요즘은 다들 이렇게 입지 않아요." 마치 운명의 세 여신 같은 초인적인 권위자의 말을 인용이라도 하듯이 그녀는 '다들'이라는 말을 일부러 강조하며 발음한다. '다들'과 나는 얼마나 깊은 관계를 맺고 있을까? 나의 개인 취향에 이러쿵저러쿵 끼어들 권한을 가진 존재일까? 결국 나는 그녀가 말한 것처럼 '다들'을 일부러 힘주어 발음하면서 알쏭달쏭한 말로 대꾸한다. "확실히 최근까지는 다들 이런 옷을 입지 않았지요. 하지만 지금은 이런 옷이 유행하지요."

6.

누더기 옷이라도

소중히 여길 줄 아는 사람과

관계를 맺어라.

나는 때때로 사람들에게 묻는다. "무르
팍이 볼록하게 튀어나오고 옷솔기가 두
군데나 진 바지를 입을 수 있겠어?" 대
부분은 그런 바지를 입으면 마치 인생
이 끝나기라도 하는 듯 손사래를 친다.
그들은 헤진 바지를 입고 거리를 돌아
다닐 바에야 차라리 부러진 다리를 질
질 끌며 걷는 쪽을 선택한다. 신사는 자
신의 다리에 문제가 생기면 정성껏 돌
보겠지만 바지에 조그만 일이라도 생기
면 냅다 버린다.

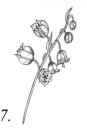

7.

인생은 정말 멋지다고?

모든 것을 벗어놓고

내려놓았을 때만 그렇다.

나는 깊이 있는 삶을 살아 삶의 진수를 하나도 남김없이 흡수하길 바랐다. 인생이라고 부를 수 없는 것은 전부 내다버리고 스파르타 인처럼 강인하게 살고자 했다. 온 세상의 모험에 나서고, 삶을 궁지에 몰아넣어 최악의 상태까지 가본 다음 그래서 삶이 얼마나 하찮다는 것을 깨달으면 내가 체험한 것을 깡그리 세상에 알리고 싶었다. 만약 삶이 숭고하다는 것을 깨달으면 몸소 실천해서 그 진실을 기록할 생각이었다.

8.

남에게 인정받는 건

필요하다.

하지만 그것만

바라는 인생은

하잘것없다.

사람들은 단 한 가지 삶의 방식만 추어
올리고 성공이라고 인정한다. 왜 수많
은 삶의 방식은 무시하고 한 가지 삶의
방식만 쫓는가.

9.

독서란

고귀한

지적 훈련이다.

인류는 아직까지도 위대한 시인의 작품을 제대로 읽지 못했다. 왜냐하면 그것을 이해할 수 있는 사람은 오로지 그들 위대한 시인뿐이기 때문이다. 그들의 작품은 마치 대중이 별을 바라보듯 천문학이 아닌 점성술로 읽혔을 뿐이다. 고귀한 지적 훈련이어야 할 독서에 대해 사람들은 아무것도 알지 못한다. 사치품처럼 우리를 흥분시켜 고도의 능력을 잠재우는 것은 독서가 아니다. 발끝까지 온 신경이 미치고, 가장 머리가 맑은 시간을 골라서 하는 행위가 독서다.

10.

소박한 식사와

간소한 옷이

사람을 아름답게 한다.

평소 내가 동물성 음식을 피하는 까닭은 꺼림칙하기 때문이다. 물고기를 잡아 내장을 제거한 다음 요리해 먹어봐도 도무지 내게 필요한 음식이라는 생각이 들지 않았다. 빵 몇 조각과 감자 몇 알만 있으면 큰 수고를 들이지 않고, 주방을 더럽히지 않고 우리 몸에 필요한 영양분을 얻을 수 있다.

나는 오랫동안 고기나 녹차, 커피 등을 입에 대지 않았다. 몸에 해로워서가 아니라 먹고 싶은 마음이 일지 않았기 때문이다. 동물성 음식에 대한 혐오감은 경험이 아닌 본능에서 비롯된다. 소박한 식사와 질박한 삶이 여러모로 아름답다.

11.

새것에

달려들지 말고

옛것으로

돌아가자.

약초를 키우듯, 샐비어 잎을 키우듯 가
난을 소중하게 키우자. 옷이든 친구든
새것을 손에 넣으려고 애달아하지 말
자. 낡은 옷은 뒤집어 입으면 된다. 옛
것으로 돌아가는 것이다. 물질이 변하
는 것이 아니라 우리가 변하는 것이다.
옷은 팔아도 사상은 지키자.

12.

나에게 필요한 만큼의

일을 했다면

이제 인생의 모험을

찾아 나서자.

배부르고 등 따스우면 이제 사람은 무엇을 바랄까? 계속 그 상태로 머물러 있기를 바랄까? 보다 좋은 음식을 먹고 싶다거나 보다 멋진 집을 갖고 싶다거나 보다 화려한 옷을 입고 싶다는 생각을 하지 않을까. 살아가는 데 필요한 것을 손에 넣었다면 나머지는 더 이상 필요 없다. 사람에게는 다양한 선택지가 있다. 고단한 일상을 마치고 휴가가 시작되는 지금이야말로 인생의 모험에 나서야 할 때다.

13.

진리는 바로 이곳에 있다.

지금 여기에

살고 있음을

거부하지 말자.

사람들은 태양계 바깥 저 편, 지구에서 가장 먼 별, 아담 이전의 시대, 인류 최후의 마지막 아득한 어딘가에 진리가 존재한다고 생각한다. 영원 속에 진실함과 숭고함이 있다는 말은 맞다. 그러나 이러한 시간과 장소, 기회는 지금 여기에 있다.

14.

지금의 힘든 현실을

폄하하며 기죽지 마라.

자신의 인생을 사랑하라.

아무리 비루한 인생일지언정 삶을 직시하고 이겨내야 한다. 도망치거나 욕지거리를 해서는 안 된다. 당신이 가장 부유할 때 인생은 가장 초라해 보인다. 헐뜯기 좋아하는 사람은 천국에 있어도 트집을 잡는다. 아무리 초라해도 자신의 삶을 사랑해야 한다. 그러면 설사 당신이 양로원에 있다 해도 가슴 설레는 행복한 시간을 보낼 수 있다. 저녁놀은 부호의 호화 저택 창이나 낡은 양로원의 창이나 똑같이 눈부시게 붉게 타오른다.

15.

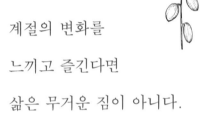

계절의 변화를

느끼고 즐긴다면

삶은 무거운 짐이 아니다.

가여우리만치 인간을 싫어하는 사람도, 심한 우울증에 고통받는 사람도 자연 속에 있으면 더할 나위 없이 마음 편하고, 상쾌한 기운을 불어넣어주는 친구를 찾을 수 있다.

자연의 축복 속에서 오감을 단련한다면 한 치 앞도 보이지 않던 지독한 우울증에서 벗어날 수 있다. 건강하고 순수한 귀에는 폭풍우조차 아이올로스의 거문고 소리로 들린다. 그 누구도 순수하고 용기 있는 사람을 깊은 슬픔의 나락으로 빠뜨리지 못한다. 계절이 바뀌는 풍경을 즐길 수 있다면 삶은 더 이상 무거운 짐이 아니다.

16.

정말 전달할 필요가

있는 정보인지

생각해 보라.

대부분은

몰라도 되는 쓰레기다.

우체국이 없어도 난 아무렇지 않다. 우체국에서 받아야 할 중요한 연락이 없기 때문이다. 이런 말을 하기는 좀 그렇지만 우표를 붙일 만큼 가치 있는 편지는 평생 한두 통 받아보았을까. 세상에는 '1페니 우편'이라는, 우표 한 장으로 편지를 전해주는 제도가 있다. 이건 아무렇게나 농담으로 전해줄 수 있는 상대의 생각을 자못 진지한 체하며 1페니의 우표 값을 지불하는 제도라 할 수 있다.

17.

기껏해야

한두 번 찾아올

손님을 위해

빈 방을 마련하는

어리석은 인간이여.

제정신을 가진 어른이라면 죽을 때까지 평생 반짝거리는 구두 몇 켤레, 사용하지 않는 우산 몇 개, 머리가 텅 빈 손님을 맞이하기 위해 빈 방 몇 개를 마련해야 한다고 근엄한 표정으로 젊은이들에게 가르치듯 설교를 늘어놓지는 않을 것이다.

18.

되풀이해서

보고 싶은 뉴스는 없다.

대부분이

원리를 알면 되는 문제다.

나는 기억에 남는 신문 기사를 읽은 적이 없다. 무엇을 훔쳤다든가, 누구를 죽였다든가, 사고로 죽었다든가, 집이 불탔다든가, 배가 뒤집어졌다든가, 소가 차에 치였다든가, 미쳐 날뛰는 개를 죽였다든가, 겨울에 어마어마한 메뚜기 떼가 생겨났다든가 하는 기사뿐이다. 몇 번씩 읽을 필요가 없다. 한 번으로 족하다. 원리만 알면 많은 예시와 응용에 신경 쓸 필요가 없다. 철학자에게 이른바 뉴스는 하나같이 가십에 불과하다. 그런 것은 늙은이들이 차나 마시며 제멋대로 편집하고 얘기하도록 내버려 두면 된다. 그런데 이런 가십에 우르르 달려드는 인간이 너무 많다.

19.

친구는 언제나
생활하는 곳에서
있는 그대로
맞이해야 한다.

손님 대접이 되도록 손님을 멀리 보내는 기술이 된 지 오래다. 요리만 보더라도 마치 손님에게 독을 타려고 꿍꿍이수를 부리는 듯 몰래몰래 만든다. 나는 이제까지 많은 사람의 집 안에 들어가 봤는데, 개중에는 법적으로 나를 쫓아내도 아무런 문제 되지 않는 경우도 있었다. 그렇다 해도 내가 그 집을 방문했다는 생각은 들지 않는다. 앞에서 말한 집에서 왕과 왕비가 검소하게 산다면, 지나는 길에 허름한 옷 그대로 들어가 볼지도 모르겠다. 그러나 들어간 집이 현대의 어리어리한 궁궐 같다면 어떻게든 도망쳐 나오려고 온갖 궁리를 할 것이다.

20.

상대가 반성하고

마음을 고쳐먹으려 한다면

한 번은 잘못을 용서하라.

자신의 천진난만함을 되찾는다면 이웃의 순수함을 받아들일 수 있다. 어제는 이웃을 도둑놈이나 호색한으로 보고 그저 동정하거나 경멸하면서 세상에 절망했을지도 모르겠다. 그러나 봄날 아침 햇살이 따스하게 내리쬐며 새롭게 세계를 창조하려 할 때, 그 이웃이 밭에서 일하는 평온한 모습을 보거나 어린아이 같은 순진한 표정으로 봄기운을 만끽하는 모습을 본다면 우리는 그 남자의 모든 죄를 잊어버린다. 간수는 어째서 감옥의 문을 활짝 열어놓지 않는가? 재판관은 어째서 소송을 취하하지 않는가? 전도사는 어째서 집회를 해산하지 않는가? 그것은 그들이 신의 뜻을 따르지 않고, 신이 모든 사람에게 아낌없이 베푸는 용서를 받아들이지 않기 때문이다.

21.

이해할 수 없는 상대를

상식에 어긋난다고

단정하는 것은

자신이 어리석기 때문이다.

우리는 왜 인식의 힘을 가장 우둔한 수준까지 끌어내려 그것을 상식이라고 찬미하는가. 우리는 보통사람보다 훨씬 머리가 잘 돌아가는 사람을 좀 모자라는 사람으로 낙인찍는다. 그것은 우리가 그 사람의 지혜를 반 푼어치도 이해하지 못하기 때문이다.

22.

세상과 타협하는 친구보다

야성미 넘치는 친구를

만나라.

길들여지지 않은, 야성미가 넘치는 사람이 내 친구고 이웃이면 좋겠다. 선한 사람이나 연인끼리도 작정하고 부딪칠 때는 오싹하리만치 야성미를 드러낸다. 거기에 비하면 야만인의 거친 언행 따위는 가벼운 상징에 지나지 않는다.

23.

호랑이를 개처럼

길들일 이유는 없다.

그것은 최고의 이용법이

아니다.

호랑이를 길들이는 것도, 양을 사납게 만드는 것도 올바른 문화라 할 수 없다. 더구나 가죽을 무두질해서 구두를 만드는 것이 최고의 호랑이 이용법은 아니다.

24.

사람은 늘 습관처럼

누군가와 함께 있고자 한다.

사람과 어울릴수록

서로의 존경심을 잃는다.

사람 사귀는 일은 참 시시하다. 너무 자주 얼굴을 대하다 보면 서로가 새로운 가치를 마주할 시간이 없어진다. 그건 하루 세 끼 식탁에 마주앉아서 곰팡이가 핀 오래된 치즈에 새로운 풍미를 더해 서로의 입에 넣어주는 일과 같다. 잦은 모임을 어떻게든 참아내고 분쟁을 일으키지 않으려다 보니 에티켓이나 예의라는 규칙을 정할 수밖에 없었다. 인간은 무리지어 살면서 서로의 발에 걸려 곱드러진다. 이렇게 서로 존경하는 마음을 잃어가는 것이 아닐까. 그렇게 자주 만나지 않더라도 소중한 마음과 정성스런 만남은 이어진다.

25.

숲에 가면

숱한 친구와 만날 수 있다.

다들 고독한 존재다.

우리 집에는 숱한 친구가 있다. 아무도 찾아오지 않는 아침나절에는 더욱 그렇다. 믿기지 않는가? 내가 쓸쓸하다고 생각하지 않는 이유는 크게 지저대는 논병아리나 월든 호수가 쓸쓸하지 않은 것과 같다. 그렇다고 한들 저 고독한 호수에게 무슨 친구가 있을까. 저 푸르른 물속에 파란 악마는 살지 않을 것이다. 하지만 푸른 천사라면 있다. 태양은 하나다. 어슴푸레한 하늘을 올려다보면 둘로 보일 때도 있지만 하나는 가짜다. 신은 하나다. 그러나 악마는 하나가 아니라 대군을 거느리고 있다.

26.

친구와 친해지고 싶다면

멀리 떨어져 지내라.

우리가 내면에서 말을 걸 수 없는 것,
말로 할 수 없는 초월적인 것과 친해지
려면 스스로 침묵해야 하고, 어떤 경우
에도 서로의 목소리가 들리지 않도록
거리를 두어야 한다. 이 기준에 비춰 보
면 대화란 내면의 목소리가 들리지 않
는 사람을 위해 만든 것 같다.

27.

불평불만을 쏟아내는

사람에게 말을 걸자.

말 한마디,

행동 하나로도

그들을 개선할 수 있다.

내가 말을 걸고 싶은 대상은 현실에 만족하지 못하고, 마음만 먹으면 개선할 수 있는데도 무턱대고 운이 나쁘다거나 시대를 잘못 타고났다면서 불평하는 사람이다. 개중에는 자신은 의무를 다하고 있다며 오히려 큰 소리로 불평을 쏟아내는 사람이 있다. 또 한 부류는 유복한 듯 보이지만 사실 모든 사람 가운데 가장 가난한 계층으로 그들도 여기에 속한다. 돈을 모으는 행위 자체는 문제될 것이 없으나, 돈을 어떻게 쓰고 다루어야 하는지도 모른 채 자기 손발에 쇠고랑을 채우고 마는 그런 사람들 말이다.

28.

중요한 것은

유행의 저편에서

희미하게 깜박이는

진지한 눈길을

응시하는 것이다.

어느 세대건 지난 세대의 패션을 조롱하면서 새 패션에는 열광한다. 우리는 헨리 3세나 엘리자베스 여왕의 의상을 보면 마치 식인종이 사는 섬나라의 왕과 여왕의 의상을 마주한 듯이 신기해한다. 사람의 몸을 떠난 의상 그 자체는 어딘지 모르게 쓸쓸하고 그로테스크하다. 의상을 비웃음의 대상이 되지 않도록 지켜주는 동시에 존엄성을 부여하는 것은 그 옷을 입은 사람의 진지한 눈길과 그 옷을 입고 살아가는 성실한 인생뿐이다.

29.

우리는 절망이 아니라

용기를,

질병이 아니라

건강과 안식을

함께 나누어야 한다.

자선가는 지나치리만치 자주 자신이 벗
어버린 슬픔의 기억으로 인류를 공기처
럼 둘러싸고 그것을 공감이라고 부른
다. 우리는 절망이 아니라 용기를, 질병
이 아니라 건강과 안식을 나누어야 한
다. 질병이 널리 퍼지지 않도록 주의해
야 한다.

30.

가장 빠른

전달 수단이라고 해서

꼭 소중한 메시지를

전달하는 것은 아니다.

1분 동안 1마일을 달리는 말을 탄 남자가 가장 중요한 메시지를 가져오는 것은 아니다. 그는 복음을 전도하는 사람도, 메뚜기와 꿀을 먹으며 찾아오는 예언자 세례 요한도 아니다. 천하의 명마였던 플라잉 칠더스가 과연 제분소까지 한 말의 곡식이라도 나른 적이 있었던가.

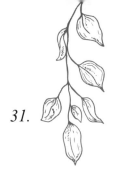

31.

신속한 대화가 아니라

양식 있는 대화를!

지금 메인 주에서 텍사스 주까지 전화선을 끌어오는 공사를 진행하고 있다. 그런데 메인 주와 텍사스 주 간에 꼭 전해야 할 중요한 일이 있을까. 비유를 들자면 어떤 남자가 귀가 잘 들리지 않는 저명한 부인을 소개받고자 열심히 부탁해서 이루어졌는데, 막상 부인 앞에서는 나팔형 보청기 한쪽에 손을 대고서도 아무 말도 하지 못한 것과 같다. 알고 보면 전화선을 끌어오는 목적은 신속하게 대화하는 일일 뿐, 양식 있는 대화를 나누는 일이 아니다.

32.

시간을 자기 편으로

만들고 싶으면

시간을 잊을 만큼

무언가에 몰두하라.

무슨 일이든 완벽함을 추구하는 예술가가 있었다. 어느 날 그는 목발을 만들려고 마음먹고 스스로를 타일렀다. "평생 이것 말고는 아무것도 만들 수 없더라도 이것만큼은 모든 점에서 타의 추종을 불허하는 작품으로 만들자." 그리고 이 작품에 어울리지 않는 재료는 결코 쓰지 않으리라 다짐했다. 그는 곧장 나무를 찾으러 숲으로 나섰다. 나뭇가지를 줍고 버리기를 되풀이하는 사이 친구들은 하나둘 그의 곁을 떠나갔다. 왜냐하면 친구들은 자신들의 일을 하다 늙거나 죽었기 때문이다. 그러나 그는 하나도 늙지 않았다. 목적을 향한 굳은 의지와 결의, 드높은 경건함이 본인도 모르는 사이에 영원한 젊음을 가져다주었던 것이다.

070455 THOREAUS COVE, CONCORD, MASS.

간
소
한

Part 2

삶

33.

어디서 바람이 불지 모르는

이 불확실한 세상을

살아가는 방법이

하나 있다.

모든 것에 간소함을

추구하는 것이다.

여하튼 간소하게, 또 간소하게. 간소함이 제일!

백이나 천이 아니라 둘이나 셋만 가져라. 백만 대신 여섯까지만 헤아리고, 계산은 발가락으로 셀 수 있으면 그만이다. 폭풍우 몰아치는 바다 같은 현대 문명의 소용돌이 속에서 우리는 하늘에 떠 있는 구름의 모양, 몰려오는 비바람, 심지어 떠밀려 내려오는 모래에 이르기까지 온갖 일에 신경을 써야 한다. 배가 침몰하지 않고 항구에 무사히 닿기 위해서는 추측항법을 사용할 수밖에 없다.

실제로 우리가 성공하기 위해서는 타산에 밝아야 한다. 따라서 어디까지나 간소함이 제일이다. 하루 세 끼 식사도 필요하면 한 번으로 하고, 진수성찬 대신 다섯 가지 반찬으로 줄여야 한다. 다른 것도 여기에 맞춰 줄여가야 한다.

34.

살아가는 데

꼭 필요한 음식은

무리하지 않아도

손쉽게 얻을 수 있다.

그러나 그것을

필요 이상으로 구하면

굶주림으로 고통받는다.

살아가는 데 필요한 음식은 얼마든지 간단한 노동으로 얻을 수 있다. 게다가 인간도 동물이라 단순한 식생활만 영위해도 건강과 체력을 유지하는 데 아무 문제가 없다. 평화로운 때의 점심에는 갓 따온 옥수수를 삶아 소금을 뿌려 배불리 먹는다. 분별력을 갖춘 어른이라면 이 이상 바랄 것이 있을까. 식사에 약간의 변화를 주는 것은 건강을 생각해서가 아니라 식욕에 지배당해서이다. 하지만 인간은 필요한 음식이 부족한 것도 아닌데 근사한 식사를 하지 못했다는 이유로 종종 배고픔의 고통을 느끼기에 이르렀다.

35.

누더기 옷을 입는다 한들

무엇 하나 잃을 건 없다.

나는 누더기 옷을 입었다고 해서 그 사람을 아래로 보지 않는다. 사람들은 건실한 양심을 챙기기보다 유행하는 옷, 하다못해 깨끗하고 깁지 않은 옷을 입느라 늘 애를 태우는 듯하다. 그러나 설령 그가 실밥이 터진 옷을 입었다고 해도, 그것이 드러내는 사람의 성격이래야 고작 부주의하다는 것 정도다.

36.

최고의 예술이란

하루하루 생활의 질을

드높이는 것이다.

인간의 가장 고무적인 일은 의식적인 노력을 통해 자신의 삶을 고양하는 능력이 있다는 것이다. 그림과 조각으로 아름다운 작품을 만들어내는 행위는 분명 훌륭하기 짝이 없다. 그렇지만 우리 주위에 가득 차 있으면서 사물을 보게 해주는 공기 자체를 새기거나 그리는 일은 훨씬 훌륭하다고 할 수 있다. 인간은 분명 그것을 할 수 있다. 하루하루 생활의 질을 드높이는 것, 그것이야말로 최고의 예술이다.

37.

삶의 요령은

스스로 찾아내야 한다.

그 요령은

경험에서 우러난다.

내가 소년에게 일반교양을 가르치려고 누구나 그러하듯 가까이에 사는 교수에게 데려가지는 않을 것이다. 교수는 아이에게 모든 것을 가르치고 훈련도 시키겠지만 정작 살아가는 요령은 가르치지 않는다. 교수 밑에서는 자신의 눈이 아니라 망원경이나 현미경을 통해 세상을 바라볼 것이다. 화학은 가르쳐도 빵 만드는 법은 가르치지 않고, 기하학은 배워도 어떻게 먹고살아야 하는지는 배우지 못한다.

38.

지금 바로

삶의 실험장에

뛰어들어라.

실험은 삶의 보람으로

이어진다.

사회는 대학 생활이라는 비싼 게임으로 학생을 지원하는데, 학생은 인생을 즐기거나 연구하는 데에 그쳐서는 안 된다. 철저하고 진지하게 살아야 한다. 내가 하고 싶은 말은 이것이다. 지금 바로 삶의 실험에 뛰어드는 것 말고 삶을 배우는 더 좋은 방법이 과연 있을까. 실험에 뛰어드는 것이야말로 수학 문제를 풀 때처럼 정신을 단련한다.

39.

사람은

죽는 순간이 되어서야

비로소 삶의 진리를

깨닫는다.

참 어리석은 인생이라

할 수 있다.

우리는 잘못된 생각을 하며 산다. 인간은 오래지 않아 흙으로 돌아가 썩어 문드러진다. 그런데도 인간은 필연이라 생각하며 겉치레의 운명에 휩쓸려 악착같이 재물을 모으려고 애쓴다. 옛 문헌에도 쓰여 있듯 그런 것을 모아들인들 언젠가는 벌레가 먹고 곰팡이가 피어 부스러질 뿐이다. 그렇지 않으면 도둑에게 좋은 일을 시킬 뿐이다. 인간은 살아 있는 동안에는 이를 알지 못하다 삶의 종착역에서야 깨달으니 참으로 어리석은 인생이 아니더냐.

40.

한 번의 실패로

절망하지 마라.

인간의 가능성은

무한히 열려 있다.

인간의 가능성은 가히 헤아릴 수 없다. 그렇기 때문에 현재의 실적만으로 그 사람의 능력을 판단해서는 안 된다. 아직 한 줌밖에 안 되는 가능성을 시도했을 뿐이니까. 지금까지 어떤 실패를 해 왔다고 해도 "아들아, 절망하지 않아도 된다. 네가 이루지 못한 것을 네 탓이라고 할 사람은 아무도 없다."(힌두교의 성서 〈비슈누 프라나〉에서)

41.

자기만의 생활을 추구하라.

당신에게는

당신만의 가치가 있음을

알아라.

나도 한때 섬세한 그물코로 바구니를 짠 적이 있다. 하지만 다른 사람이 사고 싶어서 안달하는 상품으로는 만들지 못했다. 그러나 바구니를 짜는 일 자체는 내게 너무 소중했기에 사람들이 사고 싶어 할 바구니 제작을 연구하는 대신 바구니를 팔지 않아도 생활할 수 있는 방법을 생각했다.

42.

수많은 문명이

궁전을 지었지만

그곳에 살아야 할 이유는

어디에도 없다.

최신식 설비를 갖춘 집을 소유하거나 빌릴 수 있다고 치자. 문명의 진보로 주거 환경은 나아졌지만 그곳에 사는 사람까지 달라진 것은 아니다. 문명의 발전으로 궁전은 지었지만 왕이나 귀족을 탄생시키는 일은 쉽지 않았다. 만일 현대인이 인생의 대부분을 그저 살기 위해서나 쾌적한 생활에 필요한 것을 얻기 위해서 보낸다면 굳이 미개인보다 근사한 집에 살아야 할 이유가 없지 않은가.

43.

어찌 모든 일이

예정대로만 진행되겠는가.

그렇지만

올바른 목표만 있으면

흔들림 없이

다시 방향을 잡을 수 있다.

이 세상에는 가능하면 다양한 사람이 존재하는 것이 바람직하다. 단 모두가 아버지나 어머니, 이웃의 길이 아니라 자신의 길을 찾아서 살아야 한다. 젊은 이는 집을 지어도 나무를 심어도 바다를 향해 노를 저어도 좋으니 아무쪼록 하고 싶은 일을 하기 바란다. 뱃사람이나 도망자가 북극성을 따라가듯 우리도 몇몇 뚜렷한 목표를 가지고 있어야 현명하게 살아갈 수 있다. 우리의 북극성은 인생의 모든 길 위에서 나침반이 되어 준다. 계획대로 항구에 도착하지 못할 수는 있어도 항로를 벗어나 헤매는 일은 결코 없을 것이다.

44.

기성세대는

틀에 박힌 삶을 살면서

참된 가능성을

깨닫지 못한다.

비몽사몽 나도 모르게 겉치레에 휘둘
리는 사이 사람들은 모든 것을 틀에 박
힌 양식으로 만들어 버렸다. 그 양식이
란 망상 위에 세운 생활일 뿐이다. 뛰어
놀면서 자라는 아이들은 어른보다 더욱
참된 법칙과 명확한 관계를 인식한다.
기성세대는 가치 있는 삶을 살지도 않
으면서, 자기들은 경험이 있고 실패를
통해 더욱 현명해졌다고 믿는다.

45.

자신을 낮출수록

가치는 올라간다.

가난한 남자가 찾아와 나처럼 살고 싶다고 했다. 그는 차분하고 성실하고 솔직해 보였다. 최대한 공손하게 그는 지혜가 부족하다고 했다. "늘 이렇습니다. 어릴 적부터 그랬어요. 머리가 나빴거든요. 다른 아이들과는 달랐어요. 정말 머리가 나쁘거든요. 정말 이게 하느님의 뜻일까요?" 그를 쳐다보고 있자니 진심이 느껴졌다. 나는 당혹스러웠다. 이토록 진지하게 생각하는 사람을 만난 적이 없었기 때문이다. 그의 말은 정말 단순하고 진실했다. 겸손할수록 성실함의 가치는 올라간다.

46.

다툼은 왜 일어나는가?

필요 이상으로

소유한 사람과

필요한 것조차

소유하지 못한 사람이

있기 때문이다.

모든 사람이 간소하게 살아간다면 필시 도둑질이나 약탈은 일어나지 않을 것이다. 이런 일은 필요 이상으로 소유한 사람이 있고, 필요한 것조차 소유하지 못한 사람이 있는 사회에서만 벌어진다.

"인간이 다툼으로 고통받는 일은 없었다. 너도밤나무로 만든 주발만 원하던 시대에는."(고대 로마의 시인 알비우스 티불루스의 시에서)

47.

인생은 소중히

다루어야 한다.

그렇지 않으면

제대로 살아갈 수 없다.

지금도 부부는 자신들의 방식으로 인생에 맞서 용감하게 살아간다. 그러나 인생이라는 거대한 대열을 날카로운 쐐기로 동강내고 무자비하게 짓이길 힘은 없어, 마치 엉겅퀴를 대하듯 겉날림으로 다루려고 한다. 이는 아주 불리한 싸움이다.

48.

모험을 떠나라.

밤이 오면

어디든 자기 집인 양

편안히 누우면 된다.

걱정이랑 접어두고 해가 뜨기 전에 일
어나 모험을 떠나라. 낮에는 호반에 머
무르면 된다. 밤에는 어디에 있든지 그
곳이 집이라고 생각하라. 이곳보다 넓
은 벌판은 세상 어디에도 없고, 이곳에
서 노는 일만큼 가치 있는 것도 없다. 잘
다듬어진 양치식물처럼 자신의 천성에
따라 씩씩하게 살아라. 양치식물은 결코
영국 건초가 되려 하지 않을 것이다.

49.

인간은 때로

야성의 삶을 갈구한다.

우리도 동물이지 않은가.

사람들이 대개 그렇듯 내 안에는 더욱
고상한, 이른바 정신적인 삶을 누리고
싶은 충동과 원시적이고 야만적인 삶을
누리고 싶은 충동이 있다. 나는 이 모두
를 존중한다. 나는 선한 것 못지않게 야
성적인 것을 사랑한다. 낚시는 야성과
모험을 모두 갖추고 있다. 그렇기 때문
에 나는 지금도 낚시를 몹시 사랑한다.
때로는 야성적인 생활, 보다 동물적인
삶을 살고 싶을 때가 있다.

50.

순수하지 않은

영웅과 천재, 성인은

없다.

인간의 꽃은 순수함이다. 천재성, 용감
함, 고결함은 순수함을 바탕으로 열리
는 열매다.

51.

순수는

노력으로 생겨나고,

육정은

게으름에서 비롯된다.

노력은 지혜와 순수를 낳고, 게으름은 무지와 욕정에서 생긴다. 학자에게 욕정이란 헤이해진 정신의 습관이다. 불결한 인간은 예외 없이 게으르다. 그들은 난로 곁에 눌러앉거나 햇볕이 잘 드는 곳에서 꾸벅꾸벅 졸며 피로하지도 않으면서 쉰다. 불결함과 모든 죄를 피하고자 한다면 마구간 청소라도 열심히 할 일이다. 천성을 어찌 하기는 어렵지만 꼭 이겨내야 할 일이다.

52.

지성을 갖추어라.

언제까지나

썩지 않는 지성을 말이다.

얼음은 참 흥미로운 관찰 대상이다. 프
레쉬 호수의 빙실에는 5년이나 보관하
고 있는 얼음이 있는데 조금도 녹지 않
았다고 한다. 양동이 안의 물은 금세 상
하는데 얼은 물은 왜 그렇지 않는 것일
까? 사람들은 애정과 지성의 차이라고
말한다.

53.

봄이라는 계절은

만물을 용서하기 위해

찾아온다.

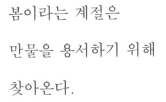

가랑비가 한번 내렸을 뿐인데 신록은 생생함을 더한다. 이와 마찬가지로 훌륭한 사상이 내면에 들어오면 우리의 미래도 밝아진다. 한결같이 그 자리를 지키며 살짝 내려앉은 이슬에도 정직하게 반응하는 풀처럼, 신체에 일어나는 모든 일을 잘 살릴 수 있다면 우리는 행복해질 것이다. 봄이 벌써 다가왔는데도 우리는 아직 겨울 벌판을 헤맨다. 산뜻한 봄날 아침이 오면 인간의 모든 죄는 용서받는다.

54.

살아가기 힘든 까닭은

현실에 얽매이기 때문이다.

우리가 사물에 어떠한 옷을 입힌들 결국 진실의 힘에는 미치지 못한다. 영원한 것은 진실뿐이다. 대개 우리는 있어야 할 곳이 아닌 있지 말아야 할 곳에 머무른다. 약해 빠진 마음으로 자신이 처한 상황을 정해놓고 거기에 스스로를 밀어넣는다. 그렇게 두 가지 상황을 갔다 왔다 하느라 거기서 벗어나기가 힘든 것이다.

55.

아무리 가난해도

얼마든지

스스로의 삶을 지키고

살아갈 수 있다.

봄이 오면 양로원 문 앞의 눈도 기다렸
다는 듯이 녹는다. 마음 편히 살아간다
면 궁전에서 지내는 것처럼 양로원에서
도 충만함과 행복을 느낄 것이다. 가난
한 사람은 다른 어떤 이보다 스스로의
삶을 사는 듯하다. 그런 사람들이야말
로 위대한 인간이다. 그들은 단 한 점의
의심 없이 신의 은총을 오롯이 받아들
인다.

56.

돈 대신

맑은 영혼으로 살아간다면

우리가 잃을 건 없다.

돈이 없어 책이나 신문을 못 사더라도 그것은 가장 필요하고 중요한 경험만 할 수 있다는 뜻이다. 고기는 뼈에 가까이 붙어 있을수록 맛있다고 하는데, 그렇게 본질에 가까운 삶을 살게 될 것이다. 하잘것없는 인간이 되지 않을 수 있다. 생활 수준이 낮다고 해도 맑은 영혼으로 살아간다면 잃을 건 하나도 없다. 남아도는 돈으로는 기껏해야 어디에서든 살 수 있는 물건뿐이다. 우리의 영혼에 필요한 것을 사는 데에 돈은 필요치 않다.

57.

현실을

있는 그대로 받아들여라.

멋대로 상상의 나래를

펴서는 안 된다.

가장 강렬하게 나의 흥미를 끌어당기는 것을 깊이 새긴 다음 그 방향으로 나아가고 싶다. 저울의 삿대에 매달려 무게를 줄이려고도 상황을 규정하지도 말고, 있는 그대로의 현실을 받아들이자. 내가 닿을 수 있는 유일한 길, 어떤 권력도 막을 수 없는 그런 길을 걷자. 기초를 든든하게 다지기도 전에 아치를 세워서야 어떻게 만족스런 결과를 얻겠는가.

58.

누구에게도 아침은 찾아온다.

새벽은 절대로

우리를 외면하지 않는다.

어떤 사무적인 경로로 눈을 뜨는 것이
아니다. 우리는 알아야 한다. 아무리 깊
이 잠들어 있을지라도 우리를 외면하지
않는 아침을 기다리는 마음으로 깨어나
살아간다는 것을.

59.

미덕이라고 일컬어지는

대부분의 행위는 하찮고

우리를 불편하게 만든다.

진정한 덕은 따로 있다.

우아한 삶, 으리으리한 저택과 정원, 후한 대접도 내게는 의미가 없다. 왕을 방문한 적이 있다. 왕은 나를 휑뎅그렁한 방에서 기다리게 하고는 마치 누군가를 대접할 능력이 없는 사람처럼 행동했다. 집 근처에는 나무 밑동을 판 굴에서 사는 남자가 있다. 그의 행동이야말로 가히 왕이라 할 만하다. 그를 찾아갔더라면 훨씬 행복한 시간을 보냈을 것이다. 우리는 언제까지 툇마루에 앉고 나서야 번지수를 잘못 찾았다는 사실을 깨닫는, 그런 하잘것없고 곰팡내 나는 미덕을 실천할 셈인가.

60.

양심을 되찾으라.

그리고 양심에 따라

행동하라.

내가 권리라고 생각하는 유일한 의무는 언제라도 스스로 옳다고 생각하는 일을 행하는 것이다. 집단에는 양심이 없다는 말이 옳기는 하다. 하지만 양심적인 사람이 모인 곳이라면 당연히 양심은 있을 것이다. 법은 인간을 조금이라도 올바른 행동으로 이끌지 못했다. 그러기는커녕 법을 존중한 나머지 선량한 사람마저 늘 부정을 저지르기에 이르렀다. 법을 지나치게 존중한 결과 흔히 나타나는 예는 대령, 대위, 하사, 병졸, 탄약 상자를 나르는 소년으로 이루어진 군대의 행렬이 질서정연하게 언덕과 골짜기를 넘어 전장으로 행진하는 모습이다.

61.

공동체나 조직에서

한 걸음 물러나 여유를 갖자.

내가 세금 납부를 거부하는 까닭은 청구서의 특정 항목 때문이 아니다. 단지 국가에 충성하기를 거부하고 홀연히 나와 초연해지고 싶기 때문이다. 내가 낸 세금으로 사람을 사거나 사람을 쏘는 머스킷 총을 구입한다고 해도 그것까지 추적하고 싶지는 않다. 돈에는 죄가 없다. 그러나 내 충성심이 어떤 결과를 초래하는지는 지켜보고 싶다.

62.

약자나 소수자를

지키지 못하는 정부는

더 이상

정부라고 부를 수 없다.

이 나라에 너그러운 마음으로 사재를 털어 도망 나온 노예를 모두 구하고, 흑인 동포를 보호하고, 그 밖의 일은 정부에 맡기는 협회가 생긴다면 어떨까? 정부는 곧 할 일을 잃고 세계로부터 손가락질을 당할 것이다. 만일 민간인에게 정부를 대신하여 약자를 보호하고 정의를 실천할 의무가 있다고 한다면, 정부는 하잘것없는 일이나 아무래도 상관없는 일을 하는 고용인이나 사무원으로 전락할 것이다.

63.

따분하다는 것은

내면에

야성이 사라졌기

때문이다.

문학에서 사람의 마음을 끌어당기는 것은 야성뿐이다. 따분함이란 길들여졌다는 말의 또 다른 표현이다. 〈햄릿〉이나 〈일리아스〉 등 모든 고전과 신화에서 우리가 즐거움을 누리는 것은 세련되지 않은 자유분방한 사고다. 학교에서는 절대 배울 수 없는 것이다. 길들여진 집오리보다는 야성을 지닌 야생오리가 민첩하고 아름다운 것처럼 온 세상이 눈으로 하얗게 뒤덮인 가운데 늪지 위를 날아가는 물오리와 같은 야성적 사고는 재빠르고 아름답다. 서부의 대초원이나 동부의 원시림에서 문득 눈에 띈 야생화가 그러하듯이, 진정한 야성에는 자연스럽고 상상 밖의 아름다움과 완벽함이 담겨 있다.

64.

남과

똑같이 길들여져야 할

이유는 없다.

나는 순종하는 사회의 구성원이 되기 전에 우리에게 젊음과 건강한 일탈을 실컷 할 거친 성정이 있음에 기뻐한다. 모든 사람이 지금의 문명 사회에 딱 맞는 것은 아니다. 대다수 사람은 부모에게 물려받은 기질 때문에 개나 양처럼 길들여진다. 그렇다고 나머지 사람마저 그렇게 본성까지 길들여져 똑같이 되어야 할 이유는 없다.

65.

모든 땅을

경작지로

만들어서는 안 된다.

숲은 남겨두어야 한다.

인간과 인간의 모든 부분이 문화적으로 세련되는 것은 좋지 않다. 세상의 모든 땅을 경작하는 것도 바람직하지 않다. 일부는 경작해도 좋지만 나머지는 목초지나 숲 그대로 두는 것이 좋다. 지금 당장 쓸모가 없다 해도 숲이 길러내는 식물은 해마다 가지와 잎을 내어주고 부엽토를 만들어낸다.

66.

맘껏 자유를 추구하라.

참된 지식은

자유롭기 위해 존재한다.

자유롭게 살아라, 안개의 자식들이여!
지식으로 말하자면 우리 모두는 안개의
자식이다. 입법자가 봐도 자유롭게 살
아가는 사람은 모든 법보다 우월하다.
비슈누파 경전인 〈비슈누 프라나〉에도
이렇게 쓰여 있다.

"능동적인 의무는 우리를 속박하지 않
고 참된 지식은 우리를 자유롭게 한다.
그 밖의 의무는 모조리 우리에게 피로를
안겨줄 뿐이며, 그 밖의 지식은 모조리
직공을 숙련시키기 위한 것일 뿐이다."

67.

머리가 잘 돌아갈 뿐인

교활한 자를

어떻게 현인이라고

부를 수 있는가.

'현인'이라는 경칭은 잘못 사용되고 있다. 어떻게 살아야 할지에 대해서는 전혀 알지 못하는데 단지 교활하고 머리가 잘 돌아간다는 이유로 그 사람을 현인이라고 부를 수 있는가.

68.

자유로울 수 있는데도

자유롭지 않다.

노예가 되기 위해

자유가 존재하는 것은

아니다.

미국을 자유의 나라라고 불러도 될까?
영국의 조지 왕으로부터는 자유로워졌
지만, 자유의 몸으로 태어났으면서도
자유롭게 살아가지 못하는 까닭은 왜일
까? 도덕적 자유를 얻기 위한 수단이 아
니라면 정치적 자유에 무슨 가치가 있
는가. 우리가 자랑스러워하는 자유란
과연 노예가 되기 위한 자유인가, 아니
면 자유로워지기 위한 자유인가?

69.

수단과 도구는

진리를 추구하기 위한

것이거늘

수단과 도구에만

정신을 쏟는 사회가

되어 버렸다.

참된 문화와 인간의 덕목이라는 관점에서 볼 때 우리 미국인은 본질적으로 도시인이 아니라 아직도 시골뜨기일 뿐이다. 왜냐하면 자기가 사는 곳에서 자신들의 기준을 찾지 못하고, 진실이 아니라 진실의 그림자를 숭배하기 때문이다. 무역, 상업, 제조업, 농업과 같은 단순한 수단일 뿐 목적이 아닌 것에 정신을 쏟아 마음이 뒤틀어져 편협해졌다.

70.

지혜로운 삶은

우주의 법칙을 찾아내어

그것에 따라

살아가는 것이다.

철학자가 과거나 현재보다 미래를 잘 알고 있다고 해서 비난해서는 안 된다. 미래는 과거나 현재보다 알아두어야 할 가치가 있기 때문이다. 그들은 팔팔 끓는 냄비 같은 영국의 현상에 중점을 두지 않고 앞으로 무슨 일이 일어날지, 다시 말해 눈에 보이지 않는 표면 아래 무엇이 숨어 있는지를 예언하고 가르쳐 줄 것이다. 철학자가 내세우는 사물의 개념은 일반인의 개념보다 진실에 가깝고, 그들의 철학에는 인생의 모든 현상이 내포되어 있다. 철학자의 삶은 일반인처럼 어리석게 사는 것이 아니라 우주의 법칙에 따라 현명하게 살아가는 것이다.

070455 THOREAUS COVE, CONCORD, MASS.

마음을

Part 3

풍성하게 하는 길

71.

생활비를 벌기 위해

깨어 있는 시간의 대부분을

노동에 써야 한다면

인생은 무슨 의미가 있는가.

끔찍하다.

대다수 사람들처럼 오전과 오후 시간 전부를 사회에 팔아넘겨야 한다면 내 인생은 살아갈 가치가 없어진다. 따라서 나는 눈앞의 이익을 위해 타고난 권리를 팔아넘기려는 흉내조차 내지 않겠다. 유능한 일꾼이라도 시간을 유용하게 사용하지 못하는 경우가 많다. 오직 생활비를 벌기 위해서 인생의 태반을 써버리는 사람만큼 구제하기 힘든 멍청이는 없다.

72.

기계처럼 일하지 마라.

인간답게 살고자 한다면!

많은 사람이 비교적 자유로운 이 나라에 살면서도 무지와 착각 때문에 근거 없는 걱정이나 안 해도 될 가혹한 노동에 혹사당해 인생의 값진 열매를 맛보지 못한다. 죽도록 일하다가 손가락이 굽고 손이 떨려 열매를 딸 수도 없다. 정말 노동자는 성실하게 하루하루를 살아가기 때문에 최소한의 휴일도 없을 뿐더러 인간다운 커뮤니티를 가질 여유도 없다. 계속 이렇게 살아간다면 노동의 대가가 낮아지기 때문에 기계처럼 일만 할 수밖에 없다.

73.

스스로가 무지하다고

자각하자.

자신을 아는 자가

성장한다.

늘 지식을 다루는 사람이 어째서 인간
으로서 성장하기 위해 필요한, 자신이
무지하다는 자각이 없을까? 우리는 그
런 사람을 비판하기 전에 때로 음식과
옷을 주고, 술이라도 마시게 해서 기운
을 북돋워주어야 한다. 빛나는 인간의
자질은 열매를 맺기 위해 피어나는 꽃
봉오리처럼 정성을 쏟아야만 지속한다.
그런데 우리는 스스로나 남을 그렇게
배려하지 않는다.

74.

정상을 향해

달려가는 동안 우리는

자신을 노예처럼 부리는

감독관이 되어 간다.

가장 용서할 수 없는 인간은 스스로를
노예처럼 부리는 자다. 인간에게는 고
결함이 깃들어 있다는 말은 입에 잘도
담으면서 말이다.

75.

세상의 평가에

굴종하는 인간이

이렇게 많단 말인가.

마부는 '세상의 평가'라는 주인을 섬기며 마차를 몰 따름이다. 도대체 어디가 성스럽고 어딜 봐서 불멸의 존재란 말인가. 몸을 잔뜩 웅크린 채 온종일 어쩔 줄 몰라 하는 모습을 봐라. 거룩하지도 않고 불멸의 존재는 더더욱 아니다. 스스로 내린 평판의 노예이자 죄인이지 않은가.

76.

오락을 즐기자.

오락을 위해 일을 하자.

평생을 잔잔한 절망 속에서 살아가는 사람이 많다. 늘 절망에 빠져 있는 상태를 우리는 체념이라고 부른다. 많은 사람이 푹 빠져 있으면서도 자각하지 못하는 절망은 흔히 운동이나 놀이에도 감추어져 있다. 따라서 그 안에는 오락적 요소가 없다. 왜냐하면 오락이란 일을 마친 다음에야 비로소 맛볼 수 있는 것이기 때문이다.

77.

새로운 일을

시작하기 전에는

옛것을 소중히 하자.

새것이 늘 좋은 것만은

아니다.

새로운 일을 시작할 때는 오래된 옷을
입어야 한다. 우리가 추구하는 것은 오
로지 '무엇을 할까, 어떤 사람이 될까'
이지 일하는 도구가 아니다. 그 옷이 아
무리 낡았다 할지라도 사업을 기획하고
진행하는 동안에는 새로운 사람이 오래
되고 낡은 옷을 입은 느낌이 들고, 마치
헌 부대에 새 술을 담는 느낌이 들 때까
지 새 옷을 마련할 일이 아니다.

78.

우리는 왜 가난할까?

집이라는 상식에

얽매여 있기 때문이다.

하늘을 나는 새에게는 둥지가 있고, 여우에게는 굴이 있고, 인디언에게는 원형 오두막이 있다. 그런데 지금의 문명사회에는 집을 소유한 사람이 절반도 안 된다. 문명화된 번화한 마을이나 도시에 자기 집을 가진 사람은 더더욱 적다. 나머지 사람은 여름과 겨울 동안 없어서는 안 될 집이라는 외투를 걸치기 위해 인디언 마을 전체를 통째로 빌리고도 남을 돈을 지불하고 있다. 그들은 집 하나 때문에 평생 가난에서 벗어나지 못한다.

79.

삶이

노동이 되어서는 안 된다.

생활비를

마련할 수 있을 정도만

노동에 할애하자.

5년여 동안 노동으로만 생활을 꾸려온 결과 1년에 6주만 일하면 생활비를 벌 수 있다는 사실을 알았다. 그래서 겨울과 여름 대부분은 노동에서 해방되어 연구에 몰두할 수 있었다. 학교 경영에 온 힘을 쏟았지만 수입이 지출을 따라가지 못할 때가 많았다. 왜냐하면 삶의 방식이나 신조까지는 들먹이지 않더라도 웬만큼 위치에 걸맞은 소비를 해야 했기 때문이다. 게다가 내 시간마저 없어져 버렸다. 사람을 위해서가 아니라 단지 생계를 위해 교육에 몸담은 것이 잘못이었다. 장사를 시작한 적도 있었는데 궤도에 올려놓으려면 10년이나 걸린다는 사실을 알았다. 그런 일을 했다가는 몸과 마음이 시들고 말 것이다.

80.

애써 땀을 흘리며

일할 필요는 없다.

가능한 한 놀이처럼

즐겁게 일하라.

나의 신념과 경험에 비춰볼 때 이 세상에서 간소하고 현명하게 살고자 한다면 생계를 유지하는 일은 별로 고생스럽지 않다. 도리어 놀이이자 즐거움이 된다고 나는 확신한다. 간소한 삶을 사는 민족의 노동은 인위적으로 살아가는 민족의 놀이와도 같다. 이렇듯 사람은 굳이 땀을 흘리며 생활비를 벌 필요가 없다. 땀을 많이 흘리는 체질이 아니라면 말이다.

81.

민을 수 있는

협력자를 찾으려면

먼저 신념을 가져라.

그런 다음

함께 살아갈 사람을 찾아라.

부분적이고 표면적인 일을 하는 데는 다른 사람과 협력해야 할 일이 있다. 실제로 참된 의미의 협력이란 인간의 귀에 들리지 않는 화음 같은 것이기에 없는 것이나 진배없다. 신념이 있는 사람이라면 어디를 가건 자기처럼 신념을 가진 사람과 협력하겠지만, 신념이 없는 사람은 어떤 사람을 만나도 늘 주위 사람과 같은 삶밖에 살지 못한다. 협력이란 좋은 의미에서든 나쁜 의미에서든 함께 살아가는 것이다.

82.

자신의 재능에

맞는 일을 선택하라.

자선도 재능이다.

모든 일이 그러하듯 자선에도 재능이 필요하다. 선행은 그 자체로 훌륭한 전문 직업이다. 한때 나도 꽤 열심히 자선 사업을 했는데 결론적으로는 선행이 체질에 맞지 않았다. 물론 나는 삼라만상을 구원하기 위해 선행을 베풀라는 사회의 특별한 소명을 고의로 포기하지는 않을 것이다. 이 생각과 비슷하지만 나는 아주 위대하고 불멸의 정신이 어딘가에 존재하여 그 덕분에 지금도 우주가 존속한다고 믿는다. 따라서 다른 사람이 재능을 발휘하는 것을 방해할 생각은 없다. 내가 포기한 자선이라는 일에 전심전력을 다하는 사람에게는 세상이 아무리 욕을 한다 해도 '끝까지 완수하라'고 응원하고 싶다.

83.

아침은

하루의 삶을 시작하는

시간이다.

단지 일을 하기 위해

눈을 뜨는 그런 하루에서는

거의 얻을 것이 없다.

아침은 하루 중 가장 기억에 남는, 정신이 맑은 시간이다. 졸린 기운도 거의 느껴지지 않는다. 낮이나 밤이나 겉잠을 자는 듯 나른한 신체도 이때의 한 시간만큼은 맑게 깨어 있다. 만약 수호신의 손길이 아니라 누군가가 사무적으로 어깨를 흔드는 바람에 잠에서 깨거나, 천상의 음악이나 대기에 가득한 향기에 감싸여 새로운 힘과 내면에서 우러나오는 삶의 희망으로 깨어나는 것이 아니라 공장의 사이렌 소리를 듣고 눈을 뜬다면 그런 하루에 무엇을 기대할 수 있겠는가.

84.

인생에

정말 필요한 일은 없다.

그러니 인생을 허비하면서

살아서는 안 된다.

우리는 왜 이토록 서둘러 인생을 허비
하면서 살아가려 하는가? 배가 고프지
도 않은데 마치 굶어죽을 각오라도 하
는 듯하다. '호미로 막을 것을 가래로
막는다'고 하면서 내일의 가래질을 막
기 위해 오늘의 호미질을 천 배나 더 하
고 있다. 그렇게 중요하지도 않은 일에
말이다.

85.

진리에

가까이 가는 일을

선택하라.

진리는 영원하다.

신중하게 직업을 고른다면 다들 연구자나 관찰자가 되려 할 것이다. 왜냐하면 인간의 본질과 운명은 누가 봐도 흥미로운 주제기 때문이다. 자신이나 자손을 위해 재산을 모으든, 가문이나 국가를 일으키든, 명성과 명예를 얻든 인간은 반드시 죽는다. 그러나 진리를 다룰 때 우리는 불멸의 길에 이르고, 변화나 뜻밖의 사건을 두려워하지 않아도 된다.

86.

튼튼한 기둥을 찾아서

정성스레 못을 박는,

그런 일을 해야 한다.

나는 얇은 널빤지나 회벽에 못을 박는
어리석은 인간이 되고 싶지 않다. 그런
짓을 하고 나면 밤중에 몇 번이나 눈이
떠진다. 망치를 들고 튼튼한 기둥을 찾
자. 접착제는 잊자. 못을 제대로 대고
못대가리를 정성스레 두드려 박아 넣
자. 그렇게 하면 밤중에 잠이 깨더라도
흐뭇하게 낮의 일을 떠올릴 수 있다.

87.

악이 들어오지 못하게

경계하라.

악은 항상 가까이에서

손짓한다.

당신의 생명을 마모시키는 기계를 세워야 한다. 여하튼 내가 할 일은 스스로 규탄하는 악을 향해 손을 내밀고 있지는 않은지 늘 경계하는 것이다.

88.

같아 보이지만

다른 우리.

각자의 특성에 맞는 일을

선택해야 한다.

인간은 같아 보이지만 그래도 다양한 삶을 살기에 제각각이다. 차원이 낮은 일이라면 누가 하더라도 별반 차이가 없겠지만 차원이 높은 일이라면 개인의 능력을 살펴야 한다.

89.

숲은 베어 넘겨야 할

대상이 아니다.

투기꾼의 눈은

오늘도 숲을 향하고 있다.

숲을 사랑하기에 날마다 한나절을 숲속을 거닐며 보낸다. 가히 반 백수라 불릴 만하다. 그런데 온종일 나무를 베어 쓰러뜨리고, 대지를 쓱쓱 대머리로 만들어 버리는 투기꾼은 근면하고 의욕적인 인간이라 평가받는다. 아무래도 사람들은 숲을 베어 넘겨야 할 대상으로 인식하는 것 같다.

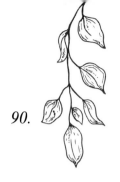

90.

아무렇게나 던져준 돌을

되받아 던져준다.

대부분의 일은 이처럼

아무렇게나

돌을 주고받는 것과 같다.

돈을 줄 테니 건너편 벽으로 돌을 던지
고 그 돌을 받아 되던지라고 한다면 아
마도 사람들은 모욕을 당했다고 생각할
것이다. 그러나 현실은 그 정도의 가치
밖에 없는 일에 몰두하는 사람이 많다.

91.

돈을 벌기 위해서만

일하는 사람은

속임수에 넘어갔든지,

자신을 속였든지

둘 중 하나다.

돈을 버는 수단은 하나같이 인간을 타락시킨다. 돈을 벌기 위해서만 일하는 것은 실로 나태하거나 그 이하의 행위다. 만약 노동자가 고용주에게 받을 것이 임금밖에 없다면, 그것은 속임수에 넘어간 것이며 스스로를 속인 것이다. 글을 쓰거나 강연으로 돈을 벌고자 한다면 자신의 글이 아닌 대중의 취향에 맞추어야 한다. 그렇게 되면 타락할 수밖에 없다. 그런 일에 지역 사회는 기꺼이 돈을 내겠지만 그것을 받아들이기가 매우 불쾌하다. 인간 이하의 존재가 됨으로써 보수를 받았기 때문이다. 일반적으로 국가가 재능 있는 사람에게 현명한 방식으로 보수를 지불하느냐 하면 이 또한 그렇지 않다.

92.

일이란

무언가를 완수하는 행위다.

따라서

그 일을 좋아하는 사람을

고용해야 한다.

노동자의 목적은 생활비를 벌고 좋은 일자리를 얻는 것이 아니라, 끝까지 그 일을 완수해야 하는 것이어야 한다. 금전적인 의미에서 보더라도 노동자는 생계 유지라는 수준 낮은 목적이 아니라 과학적이고 도덕적인 목적을 위해 일한다고 느끼는 편이 훨씬 경제적이다. 돈을 위해 일하는 사람이 아닌, 좋아서 그 일을 하는 사람을 고용해야 한다.

93.

어리석은 인간은

자신을 비싸게 쳐주는

사람을 찾느라

평생을 헤맨다.

남에게 도움을 주는 유능한 사람은 지역 사회가 충분한 보수를 지불하든 그렇지 않든 자기 일을 성실히 수행한다. 그러나 무능한 인간은 가장 높이 자신을 평가해주는 사람에게 자신의 무능함을 팔아넘기기 위해 언제까지고 채용되기를 기다린다.

94.

오늘부터 돈과 상관없이

참된 일을 시작하자.

오늘 하루를 사는 인생에서

벗어나자.

대다수 사람이 생계를 꾸리는 수단은 임시방편에 지나지 않고 인생의 참된 일에서 멀찍이 떨어져 있다. 왜냐하면 많은 사람이 그 너머에 있는 일을 모르기도 하고 알려고도 하지 않기 때문이다.

캘리포니아의 골드러시에서 드러난 인간의 태도는 정말이지 명예롭지 않다. 그토록 많은 사람이 아무런 가치도 없고 사회에 어떤 공헌도 기대할 수 없는 일을 하며 한낱 운에 기대 살아가려 하다니! 자신보다 운이 나쁜 사람에게 노동을 지시하는 수단을 얻으려 하다니! 게다가 그런 행위가 진취적인 기상이라는 탈을 쓰다니! 나는 부도덕한 행위와 조악한 생계 수단이 이토록 놀랍게 발달한 예를 본 적이 없다.

95.

무슨 일을 하든

생활에 여백을 많이

남겨두라.

머리를 쓰건, 손을 쓰건 어떤 일에서든
지금 이 순간이라는 소중한 시간을 희
생시키지 않아야 한다. 나는 수도 없이
이런 생각을 해왔다. 생활에 여백을 많
이 남겨두고 싶다. 여름날 아침에는 여
느 때처럼 목욕을 하고 공상에 잠기곤
한다. 때로는 소나무와 옻나무에 둘러
싸여 흔들림 없는 고독과 정적 속에서
볕이 잘 드는 문 앞에 앉아 한나절을 보
낸다. 새들은 노래하다가 소리도 없이
집을 빠져나간다.

96.

잡초도

무언가에는 필요하다.

잡초가 무성한 것도

기뻐할 일이다.

수확에 실패란 없다. 풀씨는 새들의 먹이가 되니 무성하게 자란 잡초도 고마운 존재가 아닌가. 밭에서 난 작물이 농부의 창고를 그득 채우든 말든 그리 중요하지 않다. 다람쥐가 올해 숲에 도토리가 많이 열리는지 걱정하지 않듯 참 농부라면 소심하게 끙끙 앓지 말고 하루하루의 노동에 충실하면 된다. 그리고 수확한 작물의 모든 권리를 주장하지 말고, 최초뿐 아니라 최후의 결실까지도 신에게 감사할지어다.

97.

굳은살이 박인

손바닥을 만지면

가슴이 고동친다.

신성한 노동과

마주한 느낌이다.

게으름뱅이의 부드러운 손보다 굳은살이 박인 노동자의 손바닥을 만지면 가슴이 고동친다. 마치 자존심과 용맹함을 나타내는 정교한 조직 같다. 대낮부터 드러누워 사색에 잠기는 것은 값싼 감상에 지나지 않는다. 햇볕에 그을리지도 않은 창백한 얼굴을 해가지고서.

98.

숲에 들어가면

바깥일일랑 잊어라.

일은 일터에서 하는 것으로도

족하다.

오후 산책 시간에는 오전 중의 일이나 세상의 의무를 생각하지 않으려 한다. 가끔 어떤 일이 뇌리를 떠나지 않아 정신을 못 차릴 때가 있다. 산책하는 동안에는 맑게 깨어 있고 싶다. 숲 바깥에서 일어나는 일만 생각한다면 도대체 왜 숲에 들어왔을까? 비록 세상이 인정하는 일이라 해도 자신이 너무 깊이 빠져 있음을 깨달을 때가 있다. 그럴 때마다 '내가 무슨 짓을 하고 있지' 하는 생각에 절로 몸이 떨려온다.

무
소
유
의

Part 4

기
쁨

99.

인간은

자신이 만든 도구의

도구가 되고 말았다.

인간은 스스로 만든 도구의 도구가 되고 말았다. 배가 고프면 아무 때나 나무 열매를 따먹던 인간이 이제 농부가 되었고, 나무 아래서 비를 피하던 인간이 이제 집주인이 되었다. 더 이상 하룻밤을 밖에서 지내는 사람을 찾아볼 수 없다. 다들 흙 위에 살면서도 하늘을 잊어버렸다.

100.

남이 갖고 있다고 해서

자신도 반드시 가져야 할

필요는 없다.

사람들은 집이 무엇인가를 생각하지 않는 듯하다. 자기도 이웃처럼 집을 소유해야 한다고 생각한 나머지 평생 그러지 않아도 되는데도 궁상스럽게 살아간다.

101.

시는

어디에서 태어나는가?

그것은 제 손으로

집을 짓는 데서

시작한다.

새가 자신의 둥지를 짓는 습성을 타고
나는 것처럼 인간도 자신의 집을 지을
능력을 갖추고 있다. 인간이 제 손으로
집을 짓고 가족에게 필요한 만큼만 정
직하게 먹을거리를 가져온다면, 새들이
지저귀듯 인간도 어디에서나 시적 재능
을 발휘할 것이다.

102.

현실의 그림자가 아닌

현실 세계만 바라보며 살자.

허구와 망상이 신뢰할 수 있는 진실로 존중되면서 현실은 가상이 되어 버렸다. 인간이 충실히 현실만 바라보고 착각하지 않는다면 인생은 신선놀음이나 아라비안나이트와 같을 것이다. 우리가 필연적으로 존재할 권리를 가진 것만 존중한다면 거리에는 음악과 시가 넘쳐날 것이다. 우리가 애달아하지 않고 현명하게 살아간다면 위대하고 가치 있는 것만 영원한 존재이며, 자질구레한 불안이나 하잘것없는 쾌락은 현실의 그림자에 지나지 않는다는 것을 깨달을 것이다. 이를 깨닫는다면 늘 숭고한 마음으로 살 수 있다.

103.

그저 그런 자유를 얻기 위해

일하기보다

지금 바로 시인이 되는 건

어떨까?

인생에서 가장 가치 없을 시기에 그저
그런 자유를 누리기 위해 인생에서 가
장 가치 있는 시기를 돈벌이로 망치는
사람을 보면 한 영국인이 떠오른다.

그는 인도로 가서 돈을 번 다음 영국으
로 돌아와 시인이 되려고 했다. 처음부
터 허름한 다락방에 틀어박혀 시를 썼
으면 좋았을 것을.

104.

많이 소유할수록

덫에 걸려 넘어지기 쉽다.

전 재산을 싼 보따리를 어깨에 짊어지고 비슬거리며 걸어가는 이민자를 보았다. 그 보따리는 마치 목덜미에 달린 커다란 혹 같았다. 나는 그 남자가 가여웠다. 가진 것이 적어서가 아니라 그토록 커다란 짐 보따리를 지고 걸어야 하기 때문이었다. 만약 내가 차꼬를 차고 걸어야 한다면 되도록 차꼬를 가볍게 하고 차꼬가 중요 부위를 압박하지 않도록 조심할 것이다.

105.

수단은 진보했지만

달성 목표는

진보하지 않았다.

우리는 '근대의 발전'을 잘못 생각하고
있다. 진보가 늘 긍정을 뜻하는 것은 아
니다. 탐욕스럽고 뻔뻔한 인간은 초기
출자금과 이후의 투자금에 복리 이자를
받아내려고 한다. 현대의 발명품은 예
쁜 장난감과 같다. 그것에 정신이 팔리
면 깜빡 중대한 문제를 잊어버린다. 수
단은 진보해도 달성 목표는 하나도 진
보하지 않았다.

106.

돈이 많다고 해서

반드시 즐거운 인생은

아니다.

어느 날 밤이었다. 월든 마을의 거리를 걷다가 소 두 마리를 시장으로 몰고 가는 마을 사람의 뒤를 따라갔다. 이 남자는 상당한 재력가인 듯한데 내 눈으로 직접 확인한 것은 아니다. 남자는 내게 어째서 인생의 많은 즐거움을 포기할 생각을 했냐고 물었다. "나도 그럭저럭 인생을 즐기고 있다오." 나는 이렇게 대답했다. 결코 농담이 아니다. 왜 그런가 하면 나는 집에 돌아와 곧 잠자리에 들었지만, 그 남자는 어둠 속을 헤치고 새벽까지 질척거리는 길을 걸어 환한 도시, 브라이튼까지 갔다.

107.

일할수록 손해다.

왜냐하면 일할수록 당신은

인생에 만족하지

못할 뿐 아니라

인생을 허비하기 때문이다.

나는 튼튼하고 밝고 깨끗한 집에 산다. 그런데 집을 짓는 데 들인 비용은 그대들의 초라한 집에 지불하는 1년 치 집세와 큰 차이가 없다. 그대들도 마음만 먹으면 한두 달 안에 자신의 성을 지을 수 있다. 나는 차나 커피, 버터나 우유, 고기를 입에 대지 않기 때문에 이런 것을 사기 위해 일할 필요가 없다. 일하지 않으니까 많이 먹을 필요도 없고 식비도 조금밖에 들지 않는다. 그러나 그대들은 차나 커피, 버터나 우유, 고기를 먹어야 하기 때문에 무진장 일해야 한다. 소모된 체력을 보충하기 위해서는 충분히 먹어야 한다. 그렇다면 결국 일을 하건 하지 않건 다를 바 없지 않은가.

108.

차나 커피를

마음껏 마실 수 있다고 해서

내가 얻는 이득은 없다.

당신은 날마다 커피나 홍차를 마시고 고기를 먹을 수 있는 것이 미국으로 이민 온 덕분이라고 생각한다. 그러나 유일하게 참된 미국은 그런 것 없이도 살아갈 수 있는 생활 양식을 추구할 자유가 인정되는 나라며, 그런 것을 먹음으로써 직간접으로 발생하는 노예제도나 전쟁, 그 밖에 쓸데없는 지출을 강요하지 않는 나라다.

109.

간소한 삶을 살

마음만 먹으면

생활이 한층 즐거워진다.

사람들은 너무 열심히 땅을 일구기 때문에 튼튼한 장화와 질긴 옷이 필요하다. 아무리 새 옷을 입어도 곧 너덜너덜한 헌옷이 되어 버린다. 반면 나는 가벼운 신발을 신고 얇은 옷을 입는다. 사람들은 내가 신사처럼 쭉 빼입었다고 생각할지 모르지만 들인 비용이라고는 그대들이 입고 있는 옷의 절반도 안 된다. 게다가 일이 아니라 기분 전환 삼아 한두 시간 낚시질하면 이틀 동안 먹을 물고기를 잡을 수 있고 일주일 치 생활비를 벌 수 있다. 그대와 가족이 간소한 삶을 누리고자 한다면 여름에는 월귤 열매를 따러 숲으로 갈 수 있다.

110.

소유하지 마라.

생계 유지가 아닌

놀이로 장사에 나서라.

천둥이야 치든지 말든지 무슨 상관이랴.
설령 농부의 작물에 해를 끼칠지라도 당
신과는 아무런 상관도 없다. 농부들이
짐마차나 헛간으로 피할 때 당신은 구름
아래 누워라. 장사는 생계를 꾸리는 수
단이 아닌 놀이로 하라. 대지를 좋아하
되 소유하지는 마라. 모험심과 신념이
없기에 인간은 어떤 진보도 없이 물건을
사고팔며 농노로 평생을 산다.

111.

대식가가 아니라

맛을 즐길 줄 아는 사람이

되어라.

식욕과 별개로 누구나 섭취한 음식물에서 특별한 만족감을 느낄 때가 있다. 나는 미각이라는 열등한 감각 탓에 정신적 지각을 얻었고, 기호를 통해 영감을 얻었고, 언덕 중턱에서 따먹은 산딸기가 나의 재능을 살렸다는 점을 떠올리며 행복해한 적이 있다. 중국의 유학자인 증자는 이렇게 말했다.

"마음이 없으면 봐도 보이지 않고, 들어도 들리지 않고, 먹어도 맛을 알지 못한다."

자신이 먹은 음식 맛을 식별할 수 있는 사람이 대식가는 아닐 것이다.

112.

집을 소유하지 않으면

쓸데없는 곳에

시간을 낭비하지 않아도 된다.

과식하지 않으면

많이 일할 필요도 없다.

왜 사람은 그토록 괴로워하며 사는가?
먹지 않으면 일할 필요가 없다. 개 짖는
소리가 시끄러워 제대로 사색도 할 수
없는 집에서 살고 싶은 사람이 있을까?
귀찮은 집안일도 많다. 햇살이 찬란히
내리쬐는 화창한 날에 더러워진 문고리
를 번쩍번쩍 닦고 욕조를 빡빡 씻어야
한다니! 이럴 바에야 집이 없는 편이 낫
다. 그래, 동굴에라도 살면 된다. 그렇
게 하면 아침 인사에도, 저녁 식사 모임
에도 딱따구리가 문을 두드릴 것이다.
마을 사람들은 태어날 때부터 줄곧 생
활에 찌들어 산다. 나는 그 생활에 동의
할 수 없다. 난 샘에서 길어온 물 한 바
가지와 선반에 놓인 검은 빵 하나면 족
하다.

113.

부자가 덕을 잃지 않으려면

가난한 시절에 가졌던 계획을

실행에 옮기려

노력하면 된다.

부자는 언제나 자신이 부자가 될 수 있는 제도에 몸을 팔아넘긴다. 단언하건대 돈이 불어나면 불어날수록 덕은 줄어든다. 돈을 손에 넣는다는 것 자체가 위대한 선행이 아니기 때문이다. 돈이 있으면 돈이 없을 때 해야 할 많은 일을 하지 않을 수 있다. 이때 발생하는 문제가 하나 있다. 돈을 어떻게 사용해야 하는가이다. 어려우면서도 부질없는 문제다. 이렇게 부자의 도덕적 기반은 밑바닥까지 무너진다. 진정한 의미의 삶의 기회는 재력이 늘어남에 따라 줄어든다. 돈이 많을 때 더 나은 인간이 되는 최선의 방법은 가난한 시절에 품었던 계획을 실행에 옮기려 노력하는 것이다.

114.

사소한 노동은 즐거움이다.

욕망이 솟구치지 않도록

주의해야 한다.

나는 주위 사람보다 훨씬 자신의 자유를 존중하고 성찰하는 것 같다. 지금도 사회와의 관계나 의무 따위는 하찮고 일시적인 규범이라 여긴다. 내 생계를 유지하고 조금이나마 동시대 사람에게 도움이 되는 사소한 노동은 나에게 하나의 즐거움일 뿐 억지로 한다고 생각하지 않는다. 지금까지 참 잘 살아왔다. 그러나 내 욕망이 솟구쳤다면 그 욕망을 채울 노동은 그저 수고스러운 작업에 지나지 않았을 것이다.

115.

복권으로

거액을 손에 넣는 사회가

올바른가?

우리가 살아갈 세상은

그런 사회가

아니었으면 한다.

골드러시가 시작되자 신은 한 바구니의 돈을 뿌려놓고 그 돈을 주우려고 아귀같이 다투는 인간의 모습을 구경하는 부자 신사가 되었다. 이 세상이 복권이 되다니! 자연계에 존재하는 물질이 복권의 경품이 되다니! 이 나라 제도를 이렇게나 신랄하게 비판하니 얼마나 날카로운 풍자인가. 그 결과 인류는 스스로 목을 조르고 말 것이다.

116.

연장자의 말이라고

맹목적으로

받아들여서는 안 된다.

나는 한 번도 연장자에게서 가치 있거
나 진지한 조언을 들은 적이 없다. 그
들은 유익한 어떤 것도 가르쳐주지 않
았다. 아마도 가르쳐줄 게 없지 않았을
까. 우리 눈앞에 펼쳐진 인생은 거대한
실험이다. 난 아직도 많은 부분을 경험
하지 못했다. 연장자의 경험은 내게 아
무런 도움이 되지 않는다. 만약 내가 가
치 있는 경험을 하게 되더라도 그들이
가르쳐준 것은 아무것도 없다고 회상할
것이다.

117.

아무리 번쩍이는 금박이라도

한 알의 지혜에는

미치지 못한다.

신은 정의로운 인간에게 음식과 옷을 주겠다는 증표를 주었다. 그런데 신의 창고에서 복사본을 발견한 사악한 인간이 정의로운 인간과 똑같은 자격을 가졌다. 이것은 이 세상이 생겨난 이래 만연한 대규모 위조 시스템 중의 하나다. 인류가 금 부족으로 괴로워할 줄은 몰랐다. 나도 적은 양이지만 금을 본 적이 있다. 금은 유연한 물질이라 두드려서 얇게 펼 수 있지만 인간의 지혜에 비할 수 없다. 한 조각의 금으로 넓은 표면에 금박을 씌울 수 있겠지만 한 알의 지혜에는 미치지 못한다.

070455   THOREAUS COVE, CONCORD, MASS.

자
연
의

Part 5

가
르
침

118.

호수는

인생보다 훨씬 아름답고

인간성보다

훨씬 투명하다.

화이트 호수와 월든 호수는 지상의 거대한 수정이자 '빛의 호수'다. 두 호수가 영원히 얼어붙은 고체 상태로 손으로 쥘 수 있을 만큼 작았다면, 고가의 보석처럼 노예의 손에 들려 보내 황제의 관을 장식했을 것이다. 그런데 호수는 액체에다 거대하고, 시장 가치를 매길 수 없을 만큼 너무 순수하여 세속의 때가 묻지 않았다. 사람의 인생보다 훨씬 아름답고 인간성보다 훨씬 투명하다. 티끌 하나 섞이지 않았다. 자연 속에 살면서도 그 가치를 아는 사람은 없다. 날갯짓하며 지저귀는 새는 꽃과 마음을 들고나지만, 야성이 넘치는 아름다운 자연과 살아가려는 젊은이는 없다. 젊은이들이 사는 도시에서 멀리 떨어진 곳에서 자연은 남몰래 번성한다.

119.

자연 속에서

살아간다는 것은

큰 축복이다.

그 축복은

모든 이에게 열려 있다.

원시시대 인간의 생활은 간소했다. 불필요한 물건이라곤 없었기에 자연의 한 공간을 빌려 쓰는 인간의 이점만 갖고 있었다. 음식과 잠을 통해 기운을 차리면 인간은 채비를 갖춰 다시 길을 떠났다. 말하자면 드넓은 자연에서 먹고 자면서 골짜기를 돌고 벌판을 달려 산꼭대기에 올랐다.

120.

단지 머물기 위한 집은

필요 없다.

그럴 바에야

야생의 새가 있는

자연으로 가는 편이 낫다.

고대 인도의 서사시 〈하리바니사〉에 이런 말이 있다. "새가 없는 집은 양념하지 않은 고기와 같다." 내가 사는 곳은 그렇지 않다. 왜냐하면 나도 모르게 새들과 이웃이 되었기 때문이다. 그것도 새들을 새장에 가둔 것이 아니라 내가 새들 곁으로 다가가 새장 속에 있었다. 뜰이나 과수원에서 마주치는 새뿐만 아니라 개똥지빠귀, 붉은풍금조, 올빼미, 쏙독새 등 야성적이고 매혹적인 울음소리를 내는 새들. 나는 거의 모습을 드러내지 않는 이들 숲의 가수들과 가까운 사이가 되었다.

121.

우주는

우리가 사는 지구에도 있다.

나는 그런 우주의

한 귀퉁이에 산다.

사람들은 세상의 희귀한 장소가 번잡한 세상에서 멀리 떨어진 우주 저편의 신비한 곳에 있다고 상상한다. 그런데 나는 우리 집이야말로 눈에 잘 띄지 않으면서도 날마다 새롭고 더럽혀지지 않은 우주의 일부라는 사실을 깨달았다. 만약 플레이아데스나 히아데스 성단, 알데바란이나 알타이르 별 가까이에 집을 짓고 사는 것이 희귀하고 가치 있는 일이라면 나는 정말 그런 곳에 있었다. 그곳은 내가 버리고 온 생활과는 저 별들의 거리만큼 멀리 떨어져 있어, 가까운 이웃의 눈조차 달이 뜨지 않는 캄캄한 밤에만 희미하게 깜박이는 작은 별로밖에 보이지 않았다. 나는 그런 우주의 한 귀퉁이에서 살았다.

122

아침 일찍 일어나

연못에서 몸을 씻는 일,

그것이 나의 종교다.

아침은 내게 자연 그 자체이며 간소하
고 정결한 인생을 만들어주는 기분 좋
은 초대장이다. 나는 그리스인처럼 새
벽의 여신을 숭배한다. 아침 일찍 일어
나 연못에서 몸을 씻는 행위는 일종의
종교 의식이며, 그 행위는 내가 가장 좋
아하는 일이다.

123.

하루의 활력은

아침을 어떻게 보내는가에

달려 있다.

새로운 하루를 시작하는 시간. 자신이 지금까지 더럽혀 온 아침보다 이른 시간에 신성한 새벽이 존재함을 믿지 않는 사람은 인생에 절망하여 우울의 길을 걸을 것이다. 인간의 영혼과 기관은 어둠이 내리면 한낮의 감각이 둔해지고, 아침이 오면 다시 활력을 되찾는다. 그리고 내면의 수호신은 다시 새롭고 고결한 생활을 준비한다.

124.

아침을 기다린다.

아침은 나를 설레게 한다.

.

활력 넘치는 사람의 하루는 언제나 아
침이다. 시곗바늘이 어디를 가리키든,
사람들이 무엇을 시작하고 끝내든 아무
런 관계가 없다. 내가 깨어 있는 동안이
아침이며, 새벽은 늘 내 안에 있다.

125.

숲은 삶과 마주하는 곳이다.

숲이야말로

우리의 진정한 스승이다.

내가 숲으로 들어간 까닭은 열심히 살고 싶어서였다. 삶의 본질과 마주하면서 생활의 가르침을 깨우칠 수 있는지 확인하고 싶어서였다. 그리고 죽음 앞에서 헛된 삶을 살지 않았음을 인식하기 위해서였다. 정말 헛된 삶을 살고 싶지 않았다. 삶이 너무나도 소중하기에 도저히 어쩔 수 없는 경우가 아니라면 체념하고 싶지 않았다.

126.

평생을

사색하며 보낼 선로는

이미 깔려 있다.

달리기만 하면 된다.

서둘러 가든, 천천히 가든 선로는 이미 깔려 있다. 그렇다면 평생을 사색하며 보내야 하지 않겠는가. 시인도 예술가도 아직 그토록 아름답고 고귀한 구상에는 이르지 못했다. 적어도 몇몇은 그 구상을 완성하리라.

127.

자연의 흐름에 따라

생활하면

하루하루가

풍요로워진다.

자연의 흐름에 따라 유유히 하루를 지
내야 하지 않겠는가. 호두 껍데기나 모
기 날개가 레일에 떨어질 때마다 궤도
를 이탈해서는 안 된다. 아침 일찍 일어
나 아침밥은 건너뛰든지, 아니면 차분
하고 얌전히 먹자. 손님이 찾아오든 말
든, 종이 울리든 말든, 또 아이가 울면
어때? 그렇게 하루를 보내기로 마음먹
었다.

128.

죽는 순간에는

몸이 내는 소리를 듣자.

살아 있다면

할 일을 하자.

살든 죽든 현실만을 추구해야 한다. 죽음의 문턱에서는 목구멍이 내는 쉭쉭거리는 소리를 듣고 손발이 차가워지는 것을 느끼자. 아직 살아 있다면 할 일을 하자.

129.

자연에 몸을 맡겨 보라.

평온한 하루를 지낼 수 있다.

나는 매 시간마다 시간을 재거나 재깍거리는 시곗바늘 소리에 초초해하지 않고 하루하루를 보냈다. 왜냐하면 나는 푸리족 인디언처럼 살았기 때문이다. 그들은 어제와 오늘, 내일을 같은 단어로 말한다. 어제는 뒤를, 내일은 앞을, 오늘은 바로 위를 가리킬 뿐이다. 사람은 나름의 동기를 내면에서 찾아야 한다고 한다. 옳은 말이다. 자연에 몸을 맡긴 하루는 평온함 그 자체로, 게으른 삶을 산다고 뭐라 하지 않을 것이다.

130.

인간이 내는 소리를

멀리하면

자연의 소리가 들려온다.

일요일이면 종종 바람이 부는 방향에 따라 링컨, 액턴, 베드퍼드, 콩코드의 교회 종소리가 들려온다. 황량한 들판을 은은하게 떠도는 그야말로 자연 그대로의 멜로디이다. 숲에서 멀찍이 떨어져서 들으면 마치 누군가가 지평선 위의 소나무 잎을 하프의 현 삼아 튕기는 듯 떨림이 남아 있는 울림으로 귓가를 맴돈다. 모든 소리가 멀찍이 떨어져서 들으면 이처럼 우주의 거문고를 연주하는 듯한 효과를 낳는다.

131.

자연이 만들어내는

음악 소리를 듣자.

자연이 곧 음유시인이다.

뉘엿뉘엿 해가 저물 무렵이면 숲 저편 지평선을 노니는 소들의 울음소리가 정감 있게 들린다. 처음에는 세레나데를 부르는 음유시인이 산과 골짜기를 거니는 듯한 착각도 들었다. 하지만 곧 그 소리가 소가 내는 자연 음악이라는 사실을 알고 실망했지만 기분 나쁘지는 않았다. 젊은이의 노랫소리는 소의 울음소리처럼 들리는데, 결국 자연이 만들어내는 음악이라는 것을 알았다.

132.

감자가 썩을 정도로

많이 내리는 비도

고지대의 풀에게는

은혜로운 것이다.

그 비는 내게도 축복이다.

촉촉이 내리는 비는 밭에 심은 콩 이파리를 적시고 하루 종일 나를 집에 가두었다. 하지만 고적하거나 우울하기는커녕 고맙기만 했다. 밭에 나가 일할 수는 없지만 비에는 그 이상의 가치가 있다. 설사 계속 내리는 비로 씨앗이 썩거나 저지대에 심은 감자가 물러진다고 해도 고지대의 풀에게는 축복이다. 풀에게 축복이면 내게도 그렇다. 가끔 다른 사람과 비교하면 스스로 당연하게 여기는 것 이상으로 나는 신의 은총을 많이 받는 것 같다.

133.

빗소리와 교감을 나눈다.

말로는 설명할 수 없는 친밀감.

제일 좋은 이웃은 자연이다.

비가 내린다. 불현듯 나는 자연과 나 사이에 부드럽고 은혜로운 교감의 흐름을 감지했다. 그러니까 빗방울이 지붕을 두드리는 소리와 집 주위의 모든 소리와 풍경 사이에서. 그러자 곧 말로는 설명할 수 없는 폭풍 같은 친밀감이 대기처럼 나를 감쌌다. 이웃이 있어야 한다는 통념은 깨져야 마땅하다.

134.

비바람이 몰아치는 날일수록

마음이 편안해진다.

새로운 사상이

뿌리를 내리고

커다랗게 부풀어 오른다.

봄가을. 거센 비바람이 몰아쳐 온종일 집 안에 갇혀 있을 때 나는 더없이 푸근함을 느낀다. 끊임없이 윙윙거리는 바람 소리와 때려 부술 듯이 퍼붓는 빗소리를 듣고 있으면 왠지 마음이 가라앉는다. 이윽고 저녁 어스름이 기나긴 밤을 불러들이면 이런저런 생각이 내 마음에 뿌리를 내리고 커다랗게 부풀어 오른다.

135.

큰 틀에서

세상을 바라보면

또 다른 세계가 열린다.

사람들은 말한다.

"그런 곳에서 혼자 살면 외롭지 않으세요? 눈비가 내리는 깊은 밤에는 사람들 사이에서 살고 싶지 않아요?"

그러면 나는 이렇게 대꾸한다.

"우리가 사는 이 지구도 우주 안에서는 점 하나에 지나지 않는답니다."

136.

신과 천국에 가장 가까운 땅,

그곳이 월든 호숫가다.

뭔가를 꾸미기 위해 선 하나라도 더할
생각이 없다.
월든 호숫가에 사는 것이 신과 천국에
가장 가까우니까.
나는 자갈투성이의 호숫가 위를 스치
며 지나가는 산들바람.
내 손바닥에는 호수의 물과 모래가 있다.
영원한 안식의 땅은 내 사고를 넘어선
저 너머 높은 곳에 있다.

137.

인간이나

동물이나

호수를 사랑하는 마음은

다르지 않다.

가을이 오면 오리가 요리조리 방향을 틀면서 사냥꾼의 총구를 피해 호수 중앙에 머무르는 것을 몇 시간이나 지켜본다.

이런 기교는 루이지애나의 괴어 있는 강에서라면 별로 필요 없을 것이다. 어쩔 수 없이 날아올라야 할 때는 다른 호수나 강을 쉽게 내려다볼 수 있도록 하늘에서 검은 점이 될 만큼 상당한 고도까지 날아올라 호수 상공을 빙글빙글 돈다. 어느 새 멀리 날아갔구나 싶어 쳐다보면 500미터나 되는 높은 하늘에서 비스듬하게 하강해 안전한 곳에 사뿐히 내려앉는다. 그러나 오리가 월든 호수 한가운데를 헤엄치는 데 안전 말고 어떤 이점이 있는지 난 모르겠다. 다만 나와 같은 이유로 이 호수를 사랑한다는 것만큼은 확실하다.

138.

장작은 두 번이나

내 몸을 덥혀준다.

자연이 주는 최고의 연료다.

누구나 자신이 패놓은 장작더미를 보면 애착심이 생긴다. 나는 창문 아래 장작을 쌓아두는데 장작더미가 높아질수록 마음이 뿌듯하다. 집에는 주인 모를 낡은 도끼 한 자루가 있다. 겨울날이면 햇볕이 잘 드는 곳에 자리 잡고 콩밭에서 캐온 그루터기를 도끼로 쪼갠다. 내가 밭을 가는데 지나가는 마부가 예언한 대로 그루터기는 도끼로 팰 때와 난로에서 타오를 때 이렇게 두 번 나를 덥혀준다. 이만큼 효율 높은 연료가 또 있을까.

139.

자연은

아무것도 묻지 않으며

우리의 물음에

아무 대답도 해주지 않는다.

어린 소나무가 드문드문 서 있는 대지
에 쌓여 있는 눈과 내 보금자리가 자리
한 언덕이 나에게 '앞을 향해 달려!' 하
고 말하는 것 같다. 자연은 아무것도 묻
지 않고 인간의 물음에 어떤 대답도 하
지 않는다. 아주 오래전부터 단단히 각
오를 한 듯하다.

140.

숲은 봄의 전령사다.

봄이 오는 징후가

여기저기서 나타난다.

내가 숲에서 살려고 마음먹은 이유는 봄이 오는 것을 지켜볼 기회와 여유를 가지기 위해서다. 호수의 얼음이 서서히 벌집 모양이 되어 가면 걸으면서 뒤꿈치로 얼음을 눌러본다. 안개와 비, 내리쬐는 햇볕이 서서히 눈을 녹여 간다. 제법 해가 길어졌다. 이제 더는 난로를 피울 필요가 없어 장작을 벌충하지 않아도 겨울을 날 수 있다. 나는 봄이 오는 첫 징후를 놓치지 않으려고 주위를 세심하게 둘러본다. 지금쯤이면 철새가 날아들지는 않는지, 저장해둔 먹이가 바닥난 다람쥐의 울음소리가 들리지는 않는지, 마멋이 슬슬 겨울잠에서 깨어나리라 마음을 정한 건 아닌지.

141.

봄은 혼돈에서

태어나는 우주다.

어느 계절이건 그것이 찾아왔을 때는
최고로 아름다워 보인다. 특히 봄이 왔
을 때는 혼돈에서 태어난 우주의 창조,
황금시대의 도래처럼 느껴진다.

142.

우리는 자연에서

활력을 되찾아야 한다.

인간의 한계를

뛰어넘는 순간을 보면서!

깊이를 알 수 없는 자연의 활력, 거인의 나라 같은 광활한 지형, 파괴의 흔적이 그대로 남겨진 해안, 살아 있는 나무와 말라 버린 나무가 뒤섞인 벌판, 소나기구름, 3주 동안이나 쉬지 않고 퍼부어 홍수를 일으키는 비를 보고 인간은 기운을 차려야 한다. 인간의 한계를 뛰어넘는 순간이나 인간이 결코 발을 디딘 적 없는 미지의 장소에서 다른 생물이 자유롭게 풀을 뜯는 모습을 봐야 한다. 우리는 썩은 고기를 보고 혐오감을 일으키고 구역질을 하지만, 그것을 독수리가 쪼아 먹고 건강과 기력을 얻는 것을 본다면 삶의 의욕이 샘솟을 것이다.

143.

걸어라!

앉아 있기 위해

다리가 있는 게 아니다.

걷지 않는 다리는

몸을 망친다.

나는 심신의 건강을 위해 적어도 하루에 네 시간이나 그 이상 모든 일에서 완전히 해방되어 숲이나 벌판을 걷는다. 누군가가 도대체 왜 그러냐고 물어도 개의치 않는다. 직공이나 가게 주인이 마치 다리가 걷기 위한 신체 부위가 아니라, 서 있거나 앉아 있기 위해 존재하는 양 온종일 책상다리를 하고 있는 모습을 떠올릴 때마다 벌써 자살이라도 했을 텐데 잘도 버텨왔구나 하는 마음에 그저 탄복할 따름이다.

144.

무작정 걸어라.

그러면 자연이

올바른 방향으로

인도할 것이다.

어느 쪽으로 가야 할지 못 정할 때가 있다. 왜 그럴까? 자연계에는 정교하고 신묘한 자력이 있어 무심코 따르면 올바른 방향으로 이끌어준다. 아무 데로나 가도 된다는 말이 아니다. 올바른 방향은 확실히 있다. 그러나 우리는 무지와 어리석음으로 잘못된 방향을 선택하고 만다.

145.

가장 생명력이 넘치는 것이

가장 야성적이다.

야성은 곧 생명이다.

생명과 야성은 서로 통한다. 가장 생명
력 넘치는 것이 가장 야성적이다. 이제
껏 인간에게 굴복하지 않았기에 그 존
재는 인간에게 활력을 불어넣는다. 끊
임없이 전진하면서 결코 일손을 놓지
않는 사람, 빠르게 성장했으면서도 더
욱 인생의 성공을 추구하는 사람은 늘
새로운 경작지나 들판을 찾아 생명의
근원 아래 몸을 맡긴다. 우리의 희망과
미래는 잔디밭과 경작지, 마을 안에 있
는 것이 아니라 칙칙하고 한적한 습지
에 있다.

146.

자연은 인간에게

필요한 자양분을

가득 품고 있다.

그곳에 가기만 한다면!

기상을 드높일 때면 나는 주위에서 가장 어두운 숲이나 마을 사람들이 음침하게 여기는 습지를 찾아간다. 그리고 성지에 발을 들이는 느낌으로 습지로 들어간다. 그곳에는 자연의 힘과 정기가 넘쳐흐른다. 원시림이 처녀지를 뒤덮고 있다. 나무에 좋은 땅은 인간에게도 좋다. 농장에 다량의 퇴비가 필요하듯 인간이 건강하기 위해서는 드넓은 초원이 필요하다. 그곳에는 인간에게 필요한 자양분이 가득하다.

147.

풍경 속에

아름다움과 질서가

있다.

인간은 풍경의 아름다움을 의식하지 않은 채 산다. 그리스인은 세계를 '미' 또는 '질서'를 의미하는 '코스모스'라는 말로 불렀다. 하지만 그리스인이 왜 그렇게 불렀는지는 명확하게 이해하지 못한 채 흥미로운 언어학적 사실로만 여긴다.

148.

자연에서 가르침을 구하라.

결국 우리는

자연의 방식을 따른다.

최고의 정원사는 의도치 않게 자연의 방식에 따른다. 큰 씨앗이든 작은 씨앗이든 흙속에 파묻고 나뭇잎과 풀을 덮어두면 예외 없이 싹을 틔우고 자란다. 숲에 나무를 심을 때 우리는 결국 자연의 방식을 따른다는 것을 깨닫는다. 그렇다면 처음부터 자연에게 가르침을 구하는 편이 지혜롭지 않은가.

149.

자연과 하나가 될 때

모든 것이 조화롭다.

오늘밤은 기분이 좋다. 온몸이 하나의 감각이 된 듯 모든 땀구멍에서 기쁨의 샘물이 솟는다. 나는 자연의 일부가 되어 신비로운 자유를 맛보며 어슬렁거린다. 흐린 날씨에 바람도 거세게 불었지만 셔츠 차림으로 호숫가 자갈길을 걷고 있자니, 딱히 마음을 사로잡는 무언가가 있는 것도 아닌데 자연을 구성하는 모든 것이 나와 조화를 이루는 듯하다. 밤이 되었음을 알려주기라도 하듯 개구리가 울어대고, 물결을 일으키며 휘몰아치는 바람을 타고 쏙독새의 지저귐이 강 건너에서 들려온다. 바람에 흔들리는 오리나무나 포플러 잎이 사랑스러워 숨이 멎을 듯하다.

150.

숲속 생물이 일으키는

리듬이야말로

숲을 지탱하는 힘이다.

짙은 어둠이 내려앉았지만 바람은 아직도 숲을 맴돌며 물결을 일으킨다. 어떤 생물의 노랫소리를 들으며 동물들은 잠에 빠져든다. 모든 동물이 잠자는 것은 아니다. 맹수들은 깨어 먹이를 찾아 나선다. 여우, 스컹크, 토끼는 두려움도 없이 산과 들을 뛰어다닌다. 그들은 자연의 순찰자로서 활기찬 하루와 하루를 잇는 역할을 한다.

Thoreau

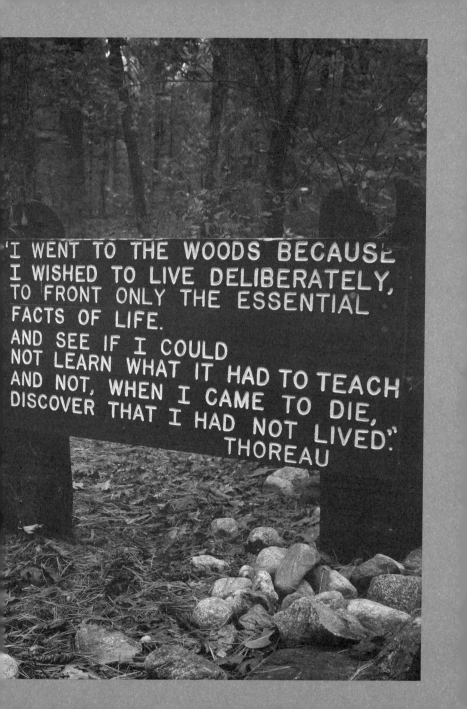

고독의 발견

2판 1쇄 발행 | 2019년 7월 26일

지은이 | 헨리 데이비드 소로
옮긴이 | 김경원
펴낸이 | 이동희
펴낸곳 | (주)에이지이십일
출판등록 | 제2010-000249호(2004. 1. 20)
주소 | 서울시 마포구 성미산로 1길 5 202호 (03971)
전화 | 02-6933-6500
이메일 | book@eiji21.com
ISBN 978-89-98342-52-4 (03840)

· 이 책은 일본의 EAST PRESS 출판사가 헨리 데이비드 소로의 작품에서 뽑아 엮은 글
  로, 일본어 번역본을 바탕으로 했습니다. 따라서 한국에 출판된 〈월든〉이나 〈시민의 불
  복종〉의 한국어 번역본과는 차이가 있을 수 있습니다.
· 이 책은 2013년에 초판 발행된 〈고독의 즐거움〉의 개정판입니다.